文庫

隠された日本　加賀・大和

一向一揆共和国 まほろばの闇

五木寛之

筑摩書房

目次

大和をめぐる謎《なぞ》　190

親鸞《しんらん》と太子信仰と水平社運動　229

一向一揆共和国　まほろばの闇

写真　戸澤裕司

「情」を「こころ」と読むとき

うらうらに照れる春日《はるび》に雲雀《ひばり》あがり　情《こころ》悲《かな》しも　独《ひと》りしおもへば

『万葉集』にある大伴家持《おおとものやかもち》の歌だ。私が昔から好きな歌のひとつでもある。

中学生のとき、この歌を教えてくれた先生が、「こころ」という言葉に「情」という字を当てた。これがとても不思議に思えた。そうか、「情」というのは「こころ」なのか、ということがずっと私の頭のなかに残っていた。

あらためて、斎藤茂吉《さいとうもきち》の『万葉秀歌 下巻』（岩波新書）を手に取ってみた。やはり「情」と書いて「こころ」とルビがふってある。そこで、こんどは『大漢和辞典』（大修館書店）で「情」という字を引くと、「①こころ。②まこと。③ことわり。④おもむき。⑤なさけ。⑥まことに」と、筆頭に「こころ」という意味があげられていた。

この「情」という字だが、最近は使われる機会が目に見えて減っているような気がする。「人情」という言葉も、演歌や新派や浪曲などの世界のものと思われているようだ。

それも無理はない。戦前のベタベタとした家族制度や義理人情のしがらみに、日本人はさんざん泣かされてきた。そのため戦後は一転して、情に流されたり感情的になるのはよくない、人間は冷静で理性的で合理的でなければいけない、ということになった。そして、日本人はこの温順な風土に生きながら、ドライな人間関係や社会を目指してきた。まるで濡《ぬ》れタオルにドライヤーを当てるようにして、こころと社会を徹底的に乾《かわ》かしてきたのだ。

しかし、ドライヤーを五十数年間も当てつづけた結果はどうなったか。人間の「情」、すなわち「こころ」までもがカラカラに乾燥しきって、いまやひび割れかかっているのではないか。

文章から抒情《じょじょう》を排除して、乾いた響きのするような散文を書かなければならない、と主張されたのは、戦後、大阪文学学校の校長を務めた詩人の小野《おの》十三郎《とおざぶろう》氏である。

私は若いころ、彼が提唱した「短歌的抒情の否定」を愛読した時期があった。そして、湿った文章を書くのは恥ずかしいと思いこみ、情緒的なものを排除して乾いた文章を書こうと努めてきた。私ばかりではない。小野氏の主張は、戦後の多くの作家に影響を与えてきたはずだ。

ところが、小野氏が亡くなった直後の「新日本文学」平成九（一九九七）年三月号の小野十三郎追悼特集を読んで意外な気がした。詩人・作家の井上俊夫《いのうえとしお》氏が、石川啄木《いしかわたくぼく》の「やはらかに柳《やなぎ》あをめる　北上《きたかみ》の岸辺《きしべ》目に見ゆ　泣けとごとくに」という歌を引用して、小野氏の思い出をこんなふうに書いていたからである。

〈言わずとしれたことだが、これは石川啄木の短歌である。亡くなった小野十三郎さんのことを書くのになぜ啄木をもちだすのか。

じつはこうした啄木の歌を透き通った声で高らかに朗唱してみせた小野さんの姿が、瞼《まぶた》に焼きついて離れないからである。

短歌にありがちな感傷的で批判精神を欠いた安易な叙情を俎上《そじょう》にのせて、小野さんはかの有名な「短歌的叙情の否定」という命題をうちだした。

しかし、小野さんはひそかに啄木の歌を愛していたのである。〉（原文のまま）

井上氏によれば、小野氏はよほどこの啄木の歌が気に入っていたらしい。大阪文学学校の卒業式後のコンパの折などにこの歌を朗唱《ろうしょう》するのを何度も聞いたことがあるという。

これを読んだときは、まさかあの小野氏が、と信じられないような気持ちだった。しかし、よく考えてみれば、私がだまされていたわけではないのだろう。乾いたポエジーを追求した彼は、その内側に啄木のふるさとのあの北上川の流れのような情感を、人一倍多くたたえていたのかもしれない。あるいは、ありあまるほどの抒情を自分の内側に抱えこんでいて、それを克服するための「短歌的抒情の否定」だったのかもしれない。ハードボイルドにやろうという自己否定から、彼の詩論はスタートしたのかもしれない。

ひょっとすると、小野氏がいいたかったのは抒情の否定ではなく、古き抒情を克服し新しき抒情を確立せよ、ということだったのではないかとも思えてくる。

本来、日本人の根っこには、人情や情緒などといったウェットな感情がある。近代の知性は、そうした「情」というものを蔑視《べっし》し、毛嫌いしてきた。だが、日本人の根っこにあるものまでは否定しきれなかった。いま表面的には非常にドライに見える。けれども、その内側には、日本人が長い歴史のなかで持ちつづけてきた「情」がまだ隠されている。

仏教には「慈悲《じひ》」という思想がある。私は「慈」と「悲」とは相反するものだと思う。

「慈」はヒューマニズムであり、知的なものであり、人を励まして希望を与えるものだ。一方、「悲」は言葉にならないため息のようなもので、励ましにはならない。だが、人の傷ついたこころを慰《なぐさ》めたり、癒《いや》したりするものだといえるだろう。

あるいは「愛情」という言葉の「愛」と「情」もそうだ。「愛」はどちらかというと知的なもので、差別するこころなどを、頭で考えて乗り越えていくような感覚だ。一方、「情」は頭で考えるものではなく、本能的に相手を抱きしめずにはいられない、という気持ちだと思う。だから、ある意味で「情」は「悲」ともつながっている。

このところ、人のいのちが、その重さや手応えをますます失ってきているようだ。自殺者の増加は、それと並行して、他人のいのちを平気で奪うような犯罪も増えていくということだろう。日本人の魂、日本人の精神は、まさに危機に瀕《ひん》しているように見える。

そのなかで、われわれはどうすべきなのか。危機に瀕した日本人の魂や精神を救えるとしたら、それは「情」（ほんとうのこころ）というものを回復して、豊かに充実させる以外にはないのではないか。

そんなふうに考えたので、このシリーズのタイトルを最初は『日本人の情《こころ》』にしようと思っていた。読みにくいので、最終的に『日本人のこころ』にしたのだが、この「こころ」に漢字を当てるとしたら、それは「心」ではなくて「情」なのである。

日本人はかつてこの列島で、どのように生きてきたのか。どのようにいきいきと情感を花開かせてきたのか。私は、自分の足で歩きまわるなかで、これまで見えなかった日本人の「情」を驚くほど多く見ることができた。

その「日本人」というのは、歴史のなかの英雄でも権力者でもない。ひっそりと雑草のように生きた人びとだ。じつは、そこに日本人の「情」が脈々と生きていたのである。

第一部　信仰を絆《きずな》にした民衆の共和国

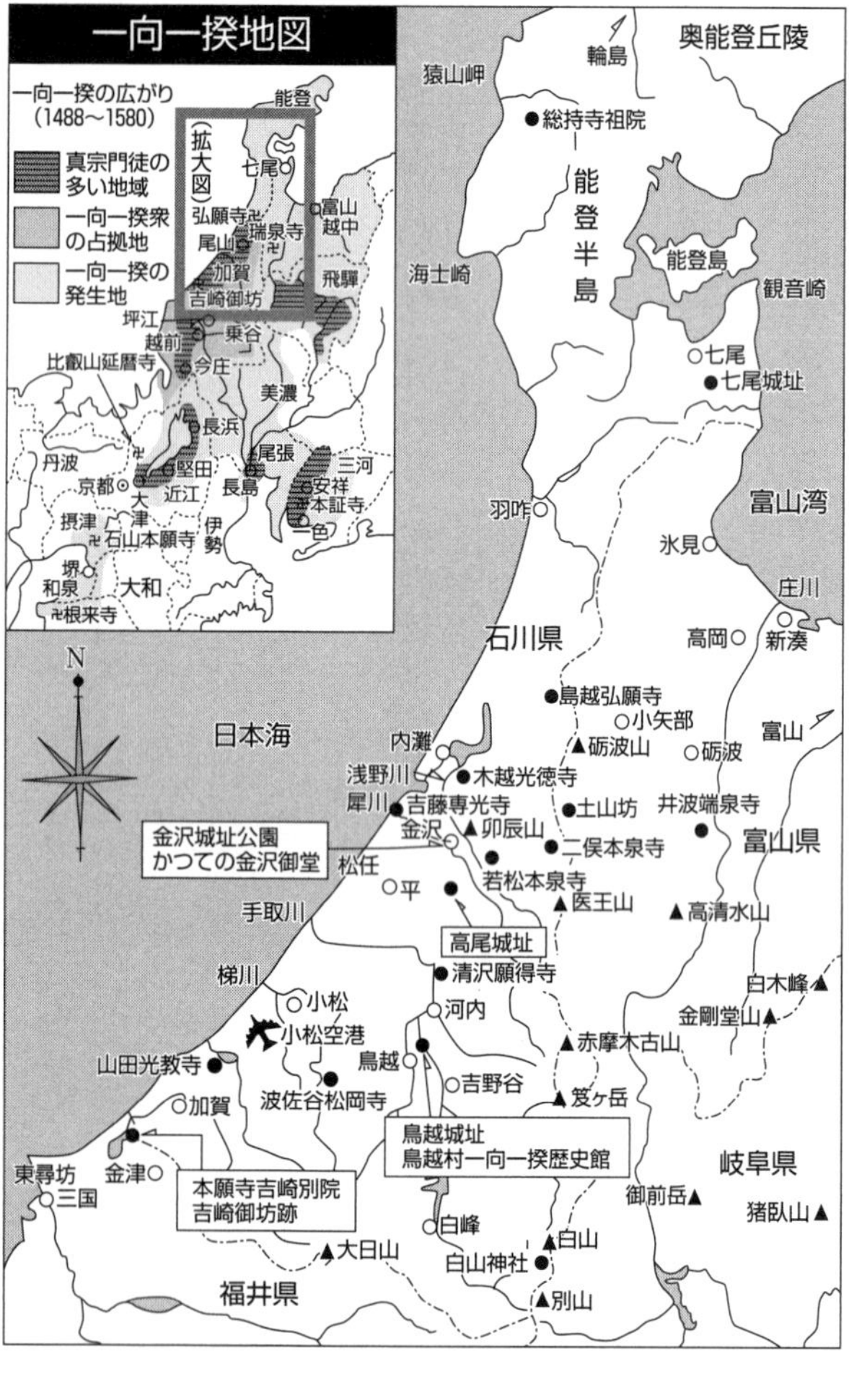
一向一揆地図
一向一揆の広がり
(1488～1580)
真宗門徒の多い地域
一向一揆衆の占拠地
一向一揆の発生地
(拡大図)
能登
七尾
弘願寺
瑞泉寺
尾山
加賀
吉崎御坊
富山
越中
飛騨
坪江
越前
乗谷
今庄
比叡山延暦寺
美濃
長浜
尾張
丹波
堅田
三河
京都
大津
近江
長島
安祥
本証寺
摂津
石山本願寺
伊勢
一色
堺
和泉
大和
根来寺
輪島
奥能登丘陵
猿山岬
総持寺祖院
能登半島
能登島
海士崎
観音崎
七尾
七尾城址
羽咋
富山湾
氷見
庄川
石川県
高岡
新湊
島越弘願寺
小矢部
日本海
N
内灘
砺波山
砺波
富山
浅野川
木越光徳寺
犀川
吉藤専光寺
土山坊
井波端泉寺
金沢
卯辰山
金沢城址公園
かつての金沢御堂
二俣本泉寺
富山県
松任
若松本泉寺
平
医王山
手取川
高清水山
高尾城址
清沢願得寺
梯川
白木峰
小松
河内
金剛堂山
小松空港
赤摩木古山
鳥越
山田光教寺
吉野谷
笈ヶ岳
加賀
波佐谷松岡寺
鳥越城址
鳥越村一向一揆歴史館
岐阜県
東尋坊
金津
御前岳
三国
本願寺吉崎別院
吉崎御坊跡
猪臥山
白峰
白山
大日山
白山神社
福井県
別山

「百姓《ひやくしよう》ノ持《もち》タル国《くに》」の出現

蓮如《れんによ》と北陸の出会いからはじまるもの

金沢市の南方の郊外に、城山と呼ばれる小高い山がある。それほど大きな山ではない。だが、加賀平野のなかで屹立《きつりつ》しているので、眼下に加賀平野を一望のもとに見渡せる。

いまは人気《ひとけ》もないこの山の深い竹林のあいだの道を、私は息を切らせながらよじ登り、かつて高尾《たかお》城があったあたりに立った。五百十数年前、この山の上には、冨樫政《とがしまさ》親《ちか》という戦国武将が居城とする高尾城がそびえていたのである。

加賀国《かがのくに》（現・能登半島以外の石川県）の守護大名だった冨樫政親は、長享《ちょうきょう》二（一四八八）年六月、一万あまりの軍勢とともに、この高尾城に立てこもっていた。

その冨樫政親をここに追いつめたのは、加賀の一向一揆《いっこういっき》の軍勢である。当時、一向宗《いっこうしゅう》と呼ばれた浄土真宗門徒《じょうどしんしゅうもんと》の二十万人ともいわれる大軍が、まさに加賀平野一面を埋めつくす勢いで、潮《うしお》のようにこの高尾城に攻め寄せてきたのだった。

敵に取り囲まれた冨樫政親は自刃《じじん》してはてた。高尾城は落城し、日本史のなかでは前代未聞ともいっていい「百姓《ひゃくしょう》ノ持《もち》タル国《くに》」が出現する。そして、この戦い以後、領主を持たない国家、コンミューンのような体制が百年近くつづくことになるのだ。

五百年あまり前に、それほど大きな歴史の変貌があり、その起点となった記念すべき場所がここ高尾城址《じょうし》だ。私はその高尾城の跡に立って、吹きつけるつよい風を全身に受けながらあたりを遠望した。眼下に広がる広大な加賀平野を眺めていると、当時、一向一揆に攻められて孤立した冨樫一族の気持ちが想像できるような気がした。

まるで、巨大な津波が押し寄せてくるように、「南無阿弥陀仏《なむあみだぶつ》」と書かれたムシロ旗を立てた集団が、竹槍やクワやスキなどを振りかざしながら、ひしひしとこの山麓《さんろく》に迫ってくる。人びとの鬨《とき》の声が聞こえる。近づくにつれてその声はどんどん大きくなってくる。

それを山の上から眺めていた冨樫政親や家臣たちの不安や恐怖心、あるいは、いったいなぜこんなことが起こったのかという驚きは、どれほどだったことだろう。

加賀平野を埋めつくすような一揆勢、その中心となった真宗門徒たち。念仏を称《とな》えつつ、死ねば極楽往生と信じて、ひたすら前へ、前へと進んでくる人びとの群れ。一向一揆の嵐《あらし》は、北陸全体を、そして日本を震撼《しんかん》させたのだった。

北陸はいまなお「真宗王国」と呼ばれている。中世に一向一揆によって出現した「百姓ノ持タル国」は織田信長《おだのぶなが》の軍勢によって制圧された。しかし、一揆に加わった人びとが拠《よ》りどころとした信仰の灯は、いまだに福井、石川、富山という日本海側の北陸の風土で、消えることなくつづいているのだ。

なぜ、北陸は真宗王国となったのか、そして、一向一揆とはいったいなんだったのか。「加賀百万石の城下町」として知られる金沢という都市の原像とはなにか。

私にとって金沢は思い出ぶかい場所である。三十代の一時期、私はこの北陸の金沢に住んでいた。裏に小立野《こだつの》刑務所があった木造アパートで、『さらばモスクワ愚連《ぐれん》

20万人の一向一揆勢が攻め寄せたという高尾城址に立つ

隊《たい》』とか『蒼《あお》ざめた馬を見よ』といった初期の小説を書いた。

そのアパートから湯涌《ゆわく》街道のほうへ自転車で散策にでかけると、途中に「蓮如坂《れんによ》」という坂がある。その坂の名前を見て、あの蓮如が徒歩でこの道を歩いたのだろうか、と考えたりしたものだった。

現在、金沢大学の薬学部と医学部以外の学部のキャンパスは、図書館も含めて郊外の角間《かくま》というところに移転している。しかし、あのころは金沢城址公園のなかにあって、私の散歩コースだった。その金沢大学の図書館にあった暁烏《あけがらすはや》敏文庫にもしばしば通った。というのも、そこにはロシア文学関係の本が何冊もあって、それが珍しかったのである。そのとき、蓮如に関する文章も、いくつかそこで読んだのをなつかしく思い出す。

幻《まぼろし》の宗教都市・吉崎御坊《よしざきごぼう》

一向一揆の物語は、その蓮如の登場からはじまる。蓮如が越前《えちぜん》の吉崎の地に坊舎を開いて、北陸一帯に真宗を広めたことが、一向一揆の発端となっているからだ。

吉崎は三方を海に囲まれた地形のけわしい場所だ。かつての越前国の坂井郡細呂宜《ほそろぎの》郷《ごう》吉崎、現在は福井県あわら市吉崎である。地図の上で吉崎を探すと、ちょうど福井県と石川県の境のところにある。吉崎から日本海沿いに東へ向かっていくと、加賀、小松、松任《まっとう》があり、そして金沢という位置関係だ。

かつて、この日本海側を廻船《かいせん》が行き来していたころには、この吉崎あたりも航海する船のひとつの目印になっていたらしい。日本海に近く、周囲を潟《かた》に囲まれたなかに、屹立《きつりつ》する台地が忽然《こつぜん》と現れる。

文明《ぶんめい》三（一四七一）年、蓮如はそこに「吉崎御坊《よしざきごぼう》」と呼ばれる寺を建てたのだった。それは、真宗門徒たちからは「御山《おやま》」とも呼ばれていた。

やはり蓮如が晩年になって建てた大坂の石山御坊、のちの石山本願寺《いしやまほんがんじ》も、三方を水に囲まれた小高い台地という地形だった。軍事的な意味からもおそらく絶好の地だったのだろう。また、蓮如はそういう場所が好きだったのだと思う。

この吉崎に、室町時代中期、十五世紀の後半に、「吉崎御坊」といわれる幻の宗教都市が忽然として現れ、そして消え失せる。

現在、吉崎御坊跡には、当時を想像させるいくつかの遺跡がある。境内《けいだい》を散策すると、「蓮如上人《しょうにん》お腰掛けの石」とか「蓮如上人お手植のお花松」といった説明板があちこちにある。それを見ると、なんとなくほほえましくなる。

「蓮如上人お腰掛けの石」と書かれているのを見ると、この石の上に「やれやれ、どっこいしょ」といって腰をおろしたのかな、とつい想像してしまう。その他にも「蓮如餅」とか「蓮如さんの炒《い》り豆」が売られていたりする。そうした伝承がたくさん残っているところが、いかにも蓮如らしいという気がする。

吉崎御坊の本堂跡へいくと、案内板にこんなふうに説明が書かれていた。

〈文明三年（一四七一）五月、吉崎へ下向された蓮如上人は、この御山の地形が大変よいとして原始林を伐り開き、整地をして、七月二十七日から門徒衆の働きにより御坊を建立し、諸国から集まる多くの門徒に真宗の御法をおときになった。

照西寺（滋賀県多賀町）の古絵図によると、本堂は南面し、柱間《はしらま》五間《けん》四面、正面中央に向拝《ごはい》があって、なかに御本尊と親鸞聖人の御影像を安置し、本堂の西側に庫《く》裏《り》と書院があった。吉崎御坊は文明六年三月二十八日火難にあい、その後再建したが、翌年八月二十一日、再び戦国の動乱で焼失し、上人は四年あまりで吉崎を退去

された。その後、永正《えいしょう》二年（一五〇五）三度火災にかかり、御坊跡は荒廃のままとなった。〉

本堂といっても、最初はごくつつましいものだったらしい。「柱間五間」とあるので、柱と柱のあいだが九メートル程度の小さな建物だったということになる。

また、ここには蓮如上人の銅像がある。作者は詩人の高村光太郎《たかむらこうたろう》の父親としても知られる彫刻家の高村光雲《こううん》だ。台座も含めてたかさは十二メートル。昭和九（一九三四）年に完成して除幕式が行われたことが記されている。

ふつう、銅像というのは威圧的な感じがして、私はどうも好きではない。ただ、この蓮如像は草鞋《わらじ》をはき、脚絆《きゃはん》を巻いて、菅笠《すげがさ》を手にした旅姿だ。本堂に傲然《ごうぜん》として鎮座《ちんざ》しているのではなく、自分の信仰というものを民衆に伝えるために、放浪して歩きまわっているすがたの像は、見ていて好ましい感じがする。

以前、地元の人に聞いた話によると、太平洋戦争の最中に鉄や銅やいろいろな鉱物資源が枯渇《こかつ》して、銅像などの供出を軍に命じられたことがあったらしい。ある日、工兵隊がこの蓮如像を強制的に撤去しにやってくる、という噂が地元の集落に流れた。

そのとき、地元の真宗門徒たちは、夜中からずっとこの像の前に人垣をつくり、かがり火をたいて、絶対に渡すものか、という構えだったそうだ。

どういういきさつかはわからないが、この蓮如像は撤去されずにすんだ。

蓮如が吉崎にやってきたのは五十七歳のときだ。大谷の本願寺にいた蓮如は、比叡《ひえい》山延暦寺《ざんえんりやくじ》の僧兵たちに焼き討ちされ、命からがら逃れて近江《おうみ》へいく。

その後も、追手の兵から逃れ、ときには山道を走り、ときには船で琵琶湖《びわこ》を渡り、というように蓮如は近畿《きんき》地方を転々とする。やがて、近江の琵琶湖一帯に腰を据えることになるのだが、近江は比叡山延暦寺の勢力範囲である。たびたび襲われては逃げ、襲われては逃げ、というふうに逃亡をくりかえしながら、命がけの布教活動をつづけた。

近江では、金森《かねがもり》の門徒と堅田《かたた》の門徒が蓮如を助け、比叡山延暦寺の僧兵と戦った。ところが、応仁《おうにん》二（一四六八）年、「堅田の大責《おおぜ》め」といわれる事件が起こる。当時、堅田の門徒たちは、琵琶湖の交通権や漁業権を一手に握っていたため、室町幕府とはいろいろなトラブルがあった。そのため、じつは幕府の意向が背後にあって、幕府が比叡山延暦寺の僧兵に堅田を攻めさせたのだという説もある。

結局、この「堅田の大責め」では門徒側が比叡山延暦寺の僧兵に敗北した。そして、蓮如もこの騒ぎに巻きこまれて、門徒の船で危ういところを逃れている。

その蓮如が近江を去って吉崎の地へ移住したのは三年後である。ここにいては、あまりにも比叡山に近いということもあったのだろう。また、近江地方に仮の本拠を置きながらも、蓮如の目はつねに全国各地に注がれていた。三河《みかわ》（現・愛知県）、摂津《せっつ》（現・大阪府）、大和（現・奈良県）、そして彼がもっとも熱心に注視していたのが、日本海沿いの北陸地方だった。

蓮如が吉崎に坊舎を構えたのは、前述したように文明《ぶんめい》三（一四七一）年の夏だ。ただし、実際には、かなり前から吉崎進出の準備を進めていたらしい。

この地は交通の要衝《ようしょう》であり、三方を海に囲まれているため、攻めるのも大変な場所だ。実際に吉崎を訪れてみるとよくわかるが、ここに寺を建てるに当たっては、かなり軍事的な配慮がなされていたことを感じる。というのは、乱世であり、自分たちの信仰は自分たちの力で守らなければならない、という時期でもあったからだ。

もともと、本願寺はすでに、蓮如の前から北陸の地に深く教線を広げていた。また、吉崎を含む越前河口の庄という荘園の領主だったのは、興福寺大乗院の前門跡《もんぜき》の経覚《きょうがく》という人で、蓮如とは親戚関係にあった。

蓮如自身は、ふらりと立ち寄って気にいった、というように「御文《おふみ》」とか「御文《ごぶん》章《しょう》」と呼ばれるものに書いている。実際には事前に周到な根回しもあり、リサーチもした上で、ここだと思って吉崎に進出してきたのだろう。御文（御文章）というのは、蓮如が門徒に書き与えた書簡体の文章で、真宗の信仰のありかたが平易に説かれているものだ。北陸進出の第一歩の橋頭堡《きょうとうほ》として、こうして吉崎に大きな宗教都市が出現することになる。

毎年四月の「蓮如忌《れんにょき》」になると、京都の東本願寺から、神輿《みこし》に乗った蓮如の御影像《ごえいぞう》が吉崎別院に到着する。これは「蓮如上人御影道中《ごえいどうちゅう》」と呼ばれる吉崎最大のイベントで、じつに、蓮如が亡くなった翌年（一五〇〇）から現在までつづいているという。山を越え谷を越えて、途中八十二カ所に立ち寄り、七日間かけて徒歩で神輿を運んでくるのだ。

道中では、小さな集落に神輿がたどり着くと、町の人たちが口々に念仏を称《とな》えながら、提灯《ちょうちん》をつけてその行列を迎える。子供たちが神輿を先導して「蓮如さまのお通り～」と声をかけながら、提灯のあいだを歩いていく。

そして、触《ふ》れ太鼓と「南無阿弥陀仏《なむあみだぶつ》」の声に迎えられて、神輿は吉崎に到着する。蓮如の御影像は、吉崎別院に安置されて、蓮如忌の十日間ほどの催しののち、ふたたび京都へ帰っていく。

はじめてその情景を見たとき、日本は信仰や宗教というものがこれほど生活のなかに息づいている国なのか、と私は感動した。その儀式は絶えることなく、これからもきっとつづいていくことだろう。吉崎にくると、日本人の信仰心は決して死んではいない、とつくづく感じさせられる。

生きる喜びを感じられる信仰の空間

十五世紀後半は、ヨーロッパでも中欧、東欧あたりを中心に、ローマンカトリック教会の一種の堕落や腐敗に対する批判が澎湃《ほうはい》として沸きおこっていた。そういう時期に、蓮如は十年近く滞在した近江を離れて、北陸へ進出する。そこには、彼の並々ならぬ野心と抱負のようなものが感じられる。

当時、北陸の地はくり返される飢饉《ききん》、凶作などの後遺症で、暗く覆《おお》われていた。い

吉崎御舊跡略圖
御舊跡山
御堂
潮水
砂山
砂山
大海

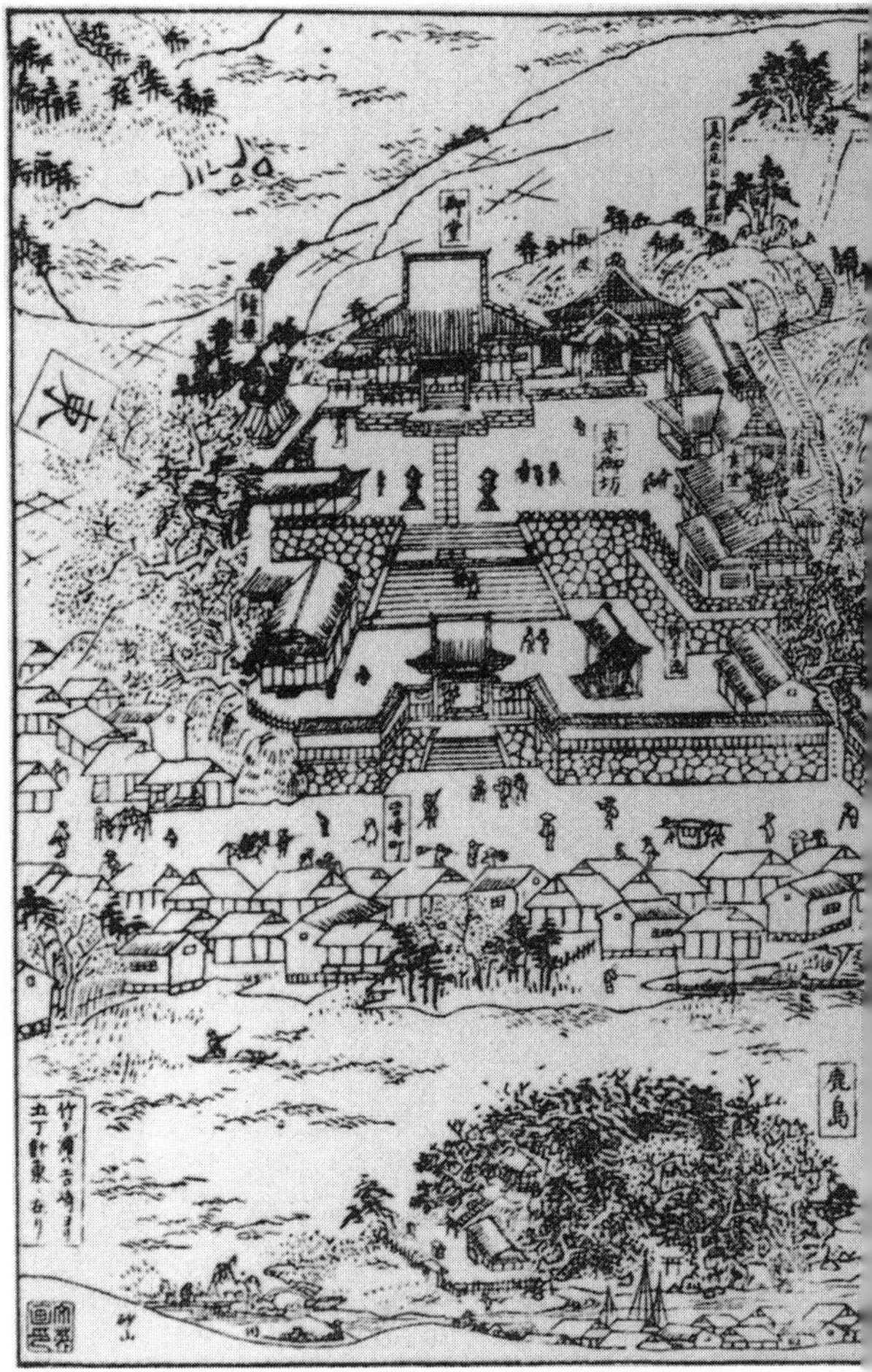

「吉崎御舊跡略図」（福井県・願慶寺蔵　提供　岩波書店）

までは想像もつかないが、まさに乱世の時代だった。足利将軍家の威光はすでに崩れてきて、全国各地で土一揆《つちいっき》が起こっていた。凶作、疫病の流行、戦乱などによって食べていけなくなった農民たちが、年貢をまけろ、借金を棒引きにしろ、とクワやスキや鎌《かま》を持って群集して権力者に反抗したのである。この土一揆は、同じ一揆は一揆でも、一向一揆とは性質が違うものと考えられている。

京都周辺では、こうした土一揆が、このころ津波のように次々に押し寄せてきていた。それに対して守護大名、あるいは為政者が雇った傭兵《ようへい》や武士たちが斬りかかる。日夜、血なまぐさい騒ぎが海鳴りのように響きわたっていた。十五世紀後半はそんな時代だったのである。

辻川達雄《つじかわたつお》氏の『蓮如――吉崎布教』(誠文堂新光社)によれば、寛正《かんしょう》二(一四六一)年の寛正の大飢饉では、京都だけで八万二千人もの餓死者がでたそうだ。また、そのとき北陸の越前河口・坪江庄でも、半年で九千人以上の人びとが餓死したと伝えられている。一地方だけでこれほどの餓死者がでたのである。北陸全体の惨状は、まさに想像を絶するものだったにちがいない。

また、蓮如が吉崎に進出した文明三(一四七一)年という年は、応仁の乱が起こっ

名もなき民たちが歓喜に満たされた吉崎御坊を背後に

てから四年目に当たる。その下剋上《げこくじょう》の戦火は北陸へもおよんできていた。武士は日々戦いに明け暮れ、一般の人びとは死と隣りあわせにいて、さまざまな宗教にすがって生きようとあがいていた。

とにかく大変な時期だった。そういうときに蓮如は吉崎に御坊をつくったのである。最初は小さな寺だったが、次第にそのまわりに庫裏《くり》やいろいろな建物ができた。それが立派な寺として少しずつ整備されていった。

その寺や施設をつくるに当たっては、大工や庭師や石工から、彼らが使う道具をつくったり磨いたりする鍛冶屋《かじや》や研ぎ師まで、ありとあらゆる職業の人たちが必要だった。さらには、そこに集まってくる人たちを目当てにして、商売人などもやってきた。

吉崎にすごいものができたらしい、という噂《うわさ》を聞きつけた人びとも大勢集まってくる。その当時、そんなにたくさんの人が集まるということは滅多にない。そのため、噂は噂を呼び、さらに人が集まってくる。遠国からやってきた人たちを宿泊させる「多屋《たや》」という施設も次々に建つ。そういうものが軒を連ねて、やがて大きな集落ができあがる。

北陸は、一年のうちの大半がどんよりとした気候で、陰鬱《いんうつ》な日がつづく。冬は雪が降る。その北陸の地に、金色《こんじき》の浄土幻想に彩《いろど》られた場所、アミューズメントセンターといっては語弊があろうが、そういった要素を持つ場所が忽然《こつぜん》と出現したのである。たくさんの人が集まっている場所へでかけて陽気に騒ぎたいとか、人混みのあいだに紛れて熱気のなかを歩いてみたいという気持ちは、誰しも持っているものだ。信心の根本は「蓮如さんの顔を見たい」「蓮如さんの法話を聞きたい」「吉崎御坊にお詣《まい》りしたい」ということだろう。それに加えて喜びや気散《きさん》じ、楽しみとしての吉崎詣《もう》でということが、突如として北陸一帯に沸きあがってきたのだった。

おそらく、当時の門徒以外の一般人にとっても、吉崎はディズニーランドかユニバーサルスタジオのような華やかな場所だったにちがいない。しかも、そこは浄土につながる場所でもあった。階級や身分による差別というものはいっさいないのが建て前である。そして、仏の前では人間はみな平等だ、という親鸞《しんらん》以来の平等思想が大事にされた。集まってきた人たちは御同朋《おんどうぼう》だ、念仏というひとつの信心によってむすばれている兄弟なんだ、という意識を持つことができたのである。

吉崎に集まった人たちは、この地獄のような動乱の世で、そのなかから光を見いだしたはずである。やがて浄土へ往生することができる、という安心感も得ることができた。彼らのこころは、なんともいえない歓喜《かんき》の気持ちで満たされていたにちがいない。

親鸞は、孤独のなかでどこまでも深く自分の信心というものを凝視し、信仰の論理というものを厳しく鍛えあげていく人だ。そういう親鸞の姿勢を感じると、人びとはおのずと襟《えり》を正し、頭を垂れざるをえないような尊崇《そんすう》の思いを深めていく。

一方、蓮如はある種の喜び——生きる喜び、信仰を得ることの喜び、人びととともにそれを分かちあう喜び、この世に生まれた喜び——を感じさせる祝祭空間をつくりだした人である。それが、信仰者としての蓮如の独特の個性であり、蓮如という宗教家のおもしろさだったのではあるまいか。

「寄り合いを重ねよ」

蓮如は御文《おふみ》に、吉崎というところは「虎狼《ころう》のすみなれし」山のなかだったと書いている。これは、蓮如一流のレトリックで誇張されているように思う。ただし、それまで淋しい場所だった吉崎にひとつの寺ができ、あっという間に増殖して、巨大なアミユーズメントセンターであると同時に信仰の場でもある祝祭空間ができあがったのは間違いない。

蓮如が来てからというものは、吉崎へ吉崎へと雪崩《なだれ》を打つようにして大勢の人びとが集まってきた。その様子に驚いて、のちに蓮如自らが参集制止の御文をだすほどだったが、もはやその流れを止めることはできなかった。それほど大変なにぎわいを見せたのが、かつての吉崎一帯だった。

当時、ここに集まってきたのはどんな人びとだったのだろうか。私はいろいろ空想をめぐらせてみる。もちろん地元の農民もいたはずだ。しかし、柳田国男《やなぎたくにお》が「常民《じょうみん》」という言葉で表現した以外の人、いわば「非・常民」たちがそこにはたくさん含まれていただろうことは、想像にかたくない。

吉崎は海に近い。そのため、当然漁師も来るし、船乗りも来るだろう。峻険《しゅんけん》な山々もあるので、山に生きる民も来るだろう。

山の民というのは、たとえば、井上鋭夫《いのうえとしお》氏の著書『一向一揆の研究』（吉川弘文館）にも書かれているように、炭焼きなどもそうだ。彼らは山中に小屋をつくり、長いあいだそこに住みついて、木を伐《き》り、炭を焼く。

また、砂鉄《さてつ》を探す人がいる。たたら師もいる。たたらとは大型のふいごのことで、彼らは火をおこし、たたらを踏んで、砂鉄から銑鉄《せんてつ》をつくるのだ。

それから、いまは悪い意味で使われることが多いが、鉱山を探して歩く山師《やまし》という人もいる。あるいは漆掻《うるしか》きという人もいる。木で細工物をする木地師《きじし》という人もいる。もちろん猟師もいる。こんなふうに当時はさまざまな人びとが、山中を自分たちの自由の天地として往来していた。

そのほかに、運輸交通の労働を引き受ける馬借《ばしゃく》とか車借《しゃしゃく》という人がいる。さらに、職人や特殊な技能を持った人など、非定住者たちもたくさん吉崎へやってきたことだろう。

蓮如は、そういう人たちに対して、とくに熱い共感を寄せていた気配がある。彼らは中世において、新興勢力としての経済力は持ちあわせながらも、社会から卑賤視《ひせんし》されれ、身分制度の底辺に置かれていた。その彼らに蓮如はつよくアピールしようとする姿勢を持っていた。その姿勢は、生涯を通して蓮如の特徴だったという気がする。

もし、私がその当時、山深い村に住むひとりの少年だったら、どうしていただろうか。

吉崎御坊跡に立つ旅装束姿の蓮如像（高村光雲作）

吉崎になにかすごいものができたそうだよ、という噂が流れ、そこへいくとものすごい人の波だそうだ、という話も伝わってくる。

おのずと、村の檀家《だんか》の人たちが大勢で吉崎詣でにいく、という話になる。そうなれば、なんとしてでも自分も吉崎御坊をひと目見たい、連れていってくれと頼みこんだことだろう。こっそりとでも加わってでかけたにちがいない。

そして、近くまでくると、高みにそびえている御坊のあたりを眺めただろう。それまでに見たこともないような人の数に目を丸くし、聞いたこともないさまざまな行事に足をとめて、目を輝かせて見いったことだろう。当時の人びとは職業によって独特の恰好《かっこう》をしていた。諸国から集まってきた人たちのすがたを眺めているだけでも、飽きなかったはずだ。子供も大人もみんな胸をわくわくさせて、吉崎の噂話をしていたのではあるまいか。

そのため、蓮如が吉崎に来てからわずか一、二年のあいだに、人びとは次々に本願寺教団の一員に加わっていった。それだけではなく、蓮如が吉崎に来てからわずか三年後の文明六（一四七四）年には、北陸の地で最初の一向一揆が立ちあがるのだ。

そして、蓮如の本願寺教団の門徒になった人びとは、時の統治者を無視して年貢を納めないような度胸や、一揆を起こすような腕力を身につけていく。それはなぜか。

じつは、その背景には「講《こう》」というものがあった。講というのは、もともとは僧侶たちが経典を講読する集まりのことである。それが時代とともに、一般の信者たちが信仰上の教えを聞く集まりのことや、その宗教的集団のことも意味するようになった。

蓮如はその講を重視して、門徒たちに「寄り合いを重ねよ」「話せ、話せ」としきりにすすめた。

当時、蓮如が働きかけていたのは農村が中心である。だが、そのころの農村は、中世の荘園という組織ががたがたになって崩れかけていた。逆にいえば、それは農民たちが自立を意識し、各地で農村共同体が成立しつつある時期でもあった。

やがて、ある人数の農家がまとまってひとつの集落をつくるようになる。この農村の形態を「惣《そう》」とか「惣村《そうそん》」と呼んでいる。蓮如は、その惣というものを、講へと大きく膨らませることに成功したのである。

人間はひとりひとり孤独で、ばらばらな存在だと感じるときに、自分を頼りなく小さなものとして意識する。逆に、なにか大きな世界に自分が属していて、その集団の人びとともに生きているという感覚を得たらどうか。そのとき、人間は自分が生きているとと実感することができるのではあるまいか。

蓮如が目指したのは、当時の世情のなかで苦しみながら生きていた孤独な農民たちを、地域の惣というグループに結びつけることだった。そのグループを日本全国津々浦々の人びとと結びつけていく。そして、さらに大きな宗教共同体として確立する。そんなふうに考えていたのではなかろうか。

農村にはいって布教をするとき、蓮如は「坊主と年寄と長《おとな》」という村落の指導者層の三者をまず説得したという。村民たちが信頼するリーダーたちをまず自分の側につけることで、村人たちのなかに浸透していったのである。

このことは、蓮如自身の言葉として伝えられている。これを蓮如の傲慢《ごうまん》さの表れであり、ボスさえ味方につければあとは簡単だ、という意味に受け取る人もいる。しかし、それは違うのではないか。守護、代官、領主とコネをつくるのではない。かつてワレサが自主管理労組のリーダーを結集して「連帯」という組織をつくりあげたようなものだろう。前述の言葉は、そういう地域のリーダーたちと密接に交流し、大事にやっていかなければだめだ、という蓮如の自戒《じかい》の発言だと私は思う。

女性たちも念仏の共和国へ

講《こう》には多くの女性たちも集まってきた。ここで、わざわざ「女性」というのは、当時の女性は、仏教というもののなかから、外に押しだされていた存在だったからだ。それまでは男性しか往生できないとされてきた。女性が往生するためには、「変成男子《へんじょうなんし》」といって、一度男性に生まれ変わってから、ようやく浄土へ往生できるというのである。

しかし、蓮如は、やっかいなものをいろいろ背負っている女性こそが弥陀《みだ》の本願《ほんがん》である、と大胆なことをいった。女性こそ救われる、ということを正面から打ちだしたのである。それは、蓮如が農村や町衆の実生活のなかで、女性たちがはたしている役割やそのエネルギーがどれほど価値があるかを、完全に把握していたからだった。その上、積極的かつ本能的に女性というものをとらえていたからにほかならないだろう。

だからこそ、女性たちは希望に満ちて吉崎に集まってきたはずだ。封建時代の思想とは違って、そこには身分の差別も男女の差別もない。大勢の人びとがともに自由に語りあい、一緒に念仏したり、笑いさざめくことができた。しかも、そこは信仰の空間である。人びとにとってはまさにドリームランドにも感じられたにちがいない。

ところで、吉崎を歩いていると、あちこちに「肉付《にくづ》きの面」という看板がでているのが目にはいる。「肉付きの面」とは、文字どおり面に顔の肉がついているという意味で、少々気味が悪い。私も最初にそれを見たときは、なんとなくいやな感じがしたものだった。

この「肉付きの面」には、少しずつ異なるいろいろなストーリーが伝えられている。そのなかで、加能民俗の会編『蓮如さん——門徒が語る蓮如伝承集成』（橋本確文堂企画出版室）に紹介されている物語のあらすじを紹介しよう。

蓮如が吉崎にいたころ、吉崎から少し離れた金津《かなづ》（現・あわら市）というところに与三次《よそうじ》という農民がいた。彼はたいへん熱心な念仏の門徒だった。その嫁も負けず劣らず熱心な門徒で、蓮如を崇拝していた。そのため、夫婦はふたりして、遅くまで仕事をした後、疲れた身体をいとわずに吉崎へ駆けつけていた。

むしろ、嫁のほうが音頭《おんど》を取っていたような気もするのだが、毎日のように手に手を取りあって吉崎へいき、念仏をする。ときには蓮如の法話も直接聞くことができる。

こういうことに熱中して、吉崎詣でを夫婦でずっとつづけていたのである。

ところが、そこに与三次の母、嫁にとっては姑《しゅうとめ》がいる。後から考えれば、この老母も一緒に吉崎へいけばいいのに、彼女は念仏がきらいだったのか、いつも家にひとりで取り残されていた。

与三次と嫁は、帰ってくると感激さめやらず、やはり吉崎はいい、今日の法話はよかった、明日もまたいこう、というようにふたりで語りあっている。

その様子を見ると、老母はやはりおもしろくない。彼女の気持ちが次第に沈んでいくのは当然だった。

そこで、彼女は息子と嫁をおどして吉崎通いをやめさせようと思いつく。とうとうある晩、彼女は鬼の面をかぶって、吉崎からの途中の谷あいの道で待ちかまえていた。するど、その日はどういうわけか、嫁のほうが先にひとりでやってきた。これ幸いと、

信仰の奥深さを知らされる「肉付きの面」
（福井県・願慶寺蔵　提供　戎光祥出版）

暗闇《くらやみ》のなかで鬼のふりをして飛びだした。

「われこそは白山権現《はくさんごんげん》のお使いである。お前たち夫婦は蓮如という坊主にだまされ、野良仕事もかえりみず、母親のいさめにも逆らい、毎日吉崎へ通うという悪事をおかしている。われは白山権現からお前たち夫婦をこらしめるようにとのお告げをこうむり、ここへ来たのだ。こらしめてくれん」

老母はこういおうとしたのだが、口を開くまでもなく、嫁は鬼の面を見ただけで驚いて、一目散に逃げていってしまった。そこで、老母は鬼の面を外そうとした。しかし、どうしたことか顔にしっかりと食いいってしまって外すことができない。

なんと、本当の鬼になってしまったのか。情けなく思って泣き声をだすと、そこに与三次がやってきた。鬼の面をつけている女に気づいてわけをたずねると、彼女は涙ながらに「あさましや、私はお前の母である」と事の次第を話し、大いに後悔した。

話を聞いた与三次も涙を流し、母を背負って夜道をふたたび吉崎へと向かう。そして、蓮如の教えを母に聞かせた。そのありがたさに、彼女が自分の非を悔《く》いて念仏を称《とな》えると、不思議や、鬼の面はパタリと顔から取れて落ちたのだった。老母は、これからは自分も一緒にお詣《まい》りにくると誓ったという。

ただし、先ほど無理に面を引き離そうとしたときに顔の肉が少し取れてしまって、面の内側にこびりついていた。

これが、「嫁おどし肉付きの面」にまつわる伝説である。江戸時代には「雪国嫁《ほっこくよめ》威谷《おどしたに》」という芝居にもなって上演されたという。

吉崎の周辺には、その「お面」といわれているものがいくつかあり、拝観料を払うと見ることができる。実際に黒ずんだ面を見せられたときには、なんともいえないなまなましい感じを受けたものだった。

この物語で注目すべきことは、嫁が日々の労働の疲れも忘れて、吉崎に詣っていたということと、母親が本当は、自分も吉崎へいきたくてしかたがなかったということだろう。これまでなら、男だけが吉崎へでかけてゆき、嫁は残って姑と黙々と手仕事でもしている、というのが物語のパターンだった。夫婦がそろって吉崎詣りをするというところが、蓮如の力だったといえるのではないか。

さらに、老母が鬼の面をつけたときに「白山権現の使い」だと名乗ったこともおもしろい。というのは、吉崎一帯は、さながら宗教のるつぼといえるほど、いろいろな信仰が深く根づいていた場所だったからだ。

この伝説に登場する白山信仰や修験道《しゅげんどう》の系統の人たちの信仰もあり、真言宗《しんごんしゅう》や天台宗《てんだいしゅう》などの宗派もあった。有名な永平寺《えいへいじ》という曹洞宗《そうとうしゅう》の本山があるところなので、もちろん禅宗もある。その他に浄土真宗のなかにも本願寺派以外の宗派がある。

そういう在来の信仰があって混沌としているところに、革新的な新宗教として、蓮如の浄土真宗本願寺教団というものが乗りこんでいったわけだ。当然のことながら、そこでは摩擦《まさつ》もかなり生じていた。この「肉付きの面」の伝承でも、信仰の古層と新宗教との対立が浮き彫りにされているといえよう。

それらとの衝突をできるだけ避け、共存していくために、蓮如は門徒たちに「諸神《しょしん》諸仏菩薩《しょぶつぼさつ》を軽んずべからず」といった。人の前で本願誇《ほんがんぼこ》りをしてはいけない、自分は念仏者だと威張ってはいけない、他の神々や仏を粗末にしてはいけない、と蓮如は口を酸《す》っぱくして諭《さと》したのである。

つまり、この物語のなかには、こうしたいくつかの要素が見られる。白山信仰という在来宗教として大きな存在があったということ。そして、女性たちが吉崎へ、とくに蓮如を慕《した》って各地から集まってきていたということ。これは、あの時代において、女性が救われるということを、きちんと宣言する宗教者が少なかったことを示しているのだろう。

蓮如がいる吉崎へは、女性も、物見高い子供たちも、ふだんは山中で暮らしているような人たちも大手を振ってやってきた。そして、仏の前ではみな平等であるという思想のなかで、語りあったり念仏を称《とな》えたりした。

それはまさに幻想的な自由の大地だった。こうして、念仏の共和国というかコンミユーンというものが、十五世紀の後半に北陸のこの地で栄えるようになったのである。

かつて北陸は日本の〝表玄関〟だった

たしかに、蓮如は門徒たちに「諸神諸仏菩薩を軽んずべからず」といった。しかし、それとは矛盾するようだが、吉崎に来てからの蓮如がもっともエネルギーを注いだのは、じつは「異端」との戦いだった。

というのは、当時の真宗教団は、蓮如の本願寺教団以外にもさまざまな派があった。そのそれぞれが互いに正統を主張して譲らず、いまでいうセクト争いをしていたのである。しかも、そのころの越前は高田派系の念仏の独壇場《どくだんじょう》で、本願寺教団の教線は白紙に近いといってもいいほどだった。

ただし、この同じ真宗系の異なった宗派を「異端」という言葉で安易にくくってしまうことには、私は賛成できない。他派にもそれぞれの視野から親鸞思想が反映しているからだ。それは、蓮如がつねに気遣っていたように、親鸞の信仰理論そのものが、極度にあやういギリギリの地点において結晶した、高度な思想だったからだろう。

たとえば当時、本願寺以外の真宗他派の多くが、「名帳《みょうちょう》」と「絵系図《えけいず》」という過去帳的なものを発案して人びとをひきつけていたとされる。これは、門徒や信徒の名前を記入した帳面で、そこに名前を載せてもらうと即座に極楽往生が約束される、というものだ。

ここに名前や絵を書いてもらうために、人びとは競って寺に喜捨《きしゃ》する。寺は、寄進の多い人を良い位置に記入する。そのため、物や金が多ければ多いほど信心が深い、という風潮がはびこるようになっていた。

蓮如はそれに対して「物取り信心」「秘事法門《ひじぼうもん》」などといって厳しく批判した。門徒に宛てた御文《おふみ》で、くりかえし「あさましい外道《げどう》である」「師弟とも地獄へ落ちる」というように批判したのである。

蓮如の御文は非常にわかりやすく、肝心なことが伝わるように書かれている。しかし、決して名文ではない。それに対して、親鸞の言葉は見事に詩的だ。明治以来、多くの文学者が親鸞の思想に共感したのも、そのたかい文学性に負うところが大きいと思う。

フランスの詩人、ポール・バレリーが「詩は舞踊であり、散文は歩行だ」といっている。まさに蓮如の御文は、目的地に最短距離で着くための実用的な文章だった。彼は、読み書きのできないような人たちが、耳から聞いてすぐにわかることを重視した。そのために、単純でくりかえしを多くして、詩的な比喩などは使わなかったのだ。

こうした布教の効果はすぐに表れた。真宗他派から、門徒ごと本願寺派に転じる寺が続出した。そして、蓮如が吉崎にいたわずか四年のあいだに、北陸は一気に真宗本願寺派に染まっていったのである。

いろいろな人が指摘しているように、蓮如が北陸に着目した理由のひとつとして、長い「冬」があったことは無視できない。積雪が多い北陸では、冬場は農作業ができない。そこで、農村の人たちは縄をなったりムシロを織りながら、春からの仕事の段取りをつけたり、世間話を交わす。つまり、冬場は講《こう》を開くのに最適だったといえる。

それもたしかに大きかっただろう。それから、北陸という地域が、当時の日本における経済の先進地のひとつだったということもあると思う。

かつて能登のことを「日本のチベット」などという差別的な表現をした人がいた。これは、能登にも、またチベットにも大変失礼な話だろう。実際には、能登は日本の僻地《へきち》どころか、早くからユーラシア大陸と交渉を持っていた〝情報先端都市〟だったからである。

平安時代に、宮中で貂《てん》の毛皮が流行して女官たちが競って身につけたため、贅沢《ぜいたく》をするなという布告がでた、というエピソードを聞いたことがある。『源氏物語』などにも「黒貂」という名前が見える。これは現在でも「セーブル」と呼ばれるもので、毛皮のなかでは最高級品らしい。

当時、その貂の毛皮はすべて、渤海《ぼっかい》からもたらされたものだった。渤海は、八〜十世紀に現在の中国北部から朝鮮半島北部地域にあった国で、ちょうど日本海をはさんで加賀・能登の対岸にあたる。その渤海からの使節が、能登・越前に通算三十回以上も派遣されている。渤海からは北方産の貂、豹《ひょう》、熊などの高級毛皮や蜂蜜など、日本からは絹、麻、綿、漆《うるし》、黄金などが交易されたという。

平安朝時代の外交というと遣唐使が有名だが、回数からいえば、渤海との交流や交易のほうが頻繁だったわけだ。律令《りつりょう》政府の外交ルートは、筑紫《つくし》大宰府《だざいふ》から難波津《なにわづ》へというのが正式なものだった。じつはそれとは別に、北陸の外交ルートが存在していたのである。

その後、中世になると廻船《かいせん》のルートが新たに開かれて、北陸からの海上の道が、西日本にも東日本にもつながっていた。さらに、近世になると日本海はいよいよ大動脈となっていく。「北前船《きたまえぶね》」と呼ばれる船が行き交い、加賀や能登に住む多くの船主や船頭たちは、巨大な富を蓄えたのだった。

蓮如が書いた名号（安城市・本證寺蔵　提供　岩波書店）

そう考えていくと、北陸は古くから情報や文化、ファッションにおいても先端的な土地だった。文字通り日本の〝表玄関〟だったということができるだろう。私は、北陸の加賀平野、越中、越前、能登という地域は一歩踏みこんで見てみると、とてもおもしろい場所だという気がしている。

日本美術史上の最高傑作とされている国宝「松林図屛風《しょうりんずびょうぶ》」を書いたのは、長谷川等伯《はせがわとうはく》である。最近、彼が生まれ育った能登半島の七尾市《ななおし》を訪ねる機会があった。七尾市にはすばらしく立派な日蓮宗《にちれんしゅう》の寺がある。その寺ひとつを見ても、ここは経済的に相当な力を持っていたところだ、という感じを受けた。

その前にも、建築家の安藤忠雄《あんどうただお》氏と一緒に、能登の旧家を訪ねたことがあった。その家には立派な蔵《くら》があるのだが、なんとその蔵のなかはすべて漆《うるし》で塗りこめられていたのである。しかも、黒と赤という強い印象を与える色の組みあわせの部屋なのだ。さすがにそれを見たときは驚いた。

その家の当主の人に、なぜこういうものをつくったのだろうか、と尋ねた。冬のあいだは百姓たちがする仕事がないだろうから、こういうことをやってもらったのではないか、という答えだった。

要するに、単なる道楽ではなく、いまでいう公共事業のような意味を持っていたのだろう。それができる財力や資力というものを持つ人たちが、能登にはいたのである。能登は、決して貧しいところでも、日本の僻地でもない。

蓮如は日本の〝フロント〟としての北陸の可能性や、環日本海文化圏の可能性というものを、直観的に感じ取っていたのではないかと思う。そういう政治的、経済的な先見性がたしかに蓮如という人にはあった。

一揆の時代に苦悩した蓮如

しかし、蓮如は吉崎には短い期間しか滞在しなかった。

五十七歳のときにやってきて、四年後の文明《ぶんめい》七（一四七五）年八月に去ることになる。そして、ふたたび新天地へと移動していく。その吉崎退去をめぐっては、さまざまな物語があり、研究者による説もいろいろある。

ひとつの大きな理由は、大きな風になびくようにして、他の宗派の寺が続々と宗派を切りかえて、真宗寺院として蓮如の麾下《きか》にはいってきたことだった。在来の宗教教団の側からすれば、それは、自分たちの勢力を蓮如に奪われたということにほかならない。どうしてもさまざまな摩擦が生じ、しかも、その摩擦は次第に大きくなっていく。

なによりも、戦乱の時代のまっただなかである。そこに忽然《こつぜん》と出現した吉崎を中心とする真宗門徒の勢力が、誰も予想もしなかったほど大きな力を持つようになる。そのこと自体が問題だった。周囲の武士たちもその動向を警戒し、注目せざるをえなくなった。

そして、さらに門徒集団の力が大きくなれば、当然のことながら、それを弾圧しようとする者がでてくる。その弾圧に対して力で抵抗しようとする。場合によっては、すでに権威を失っている室町幕府の古い秩序を打ち壊して、守護《しゅご》や地頭《じとう》にも支配されない自分たちの国をつくろう、という動きさえでてくる。そこから合戦というものも生じてくる。あるいは一揆というものも起こってくる。

また、真宗門徒の勢力というものを自分の側に引きつけて、その力を利用して、戦国時代を生き抜いていこうとするしたたかな武将もでてくる。一向一揆に加わって戦ったのは農民だけではない。そのなかには流れ歩く浪人や土着の武士などもいた。門徒たちの力を利用して、下剋上《げこくじょう》の時代にひと旗揚げよう、という連中もいた。

それに巻きこまれて蓮如は右往左往することになる。彼は基本的に宗教人だ。大名に代わって戦国の世を支配しよう、などという野心はもっていなかった。ひたすら教団が局外中立を守ることに腐心《ふしん》していた。

蓮如の御文には、このころから「守護、地頭を粗略にするな」という言葉が頻繁《ひんぱん》に見られるようになる。それは、逆にいえば、門徒たちが権力者を無視して、年貢も払わない、というような振る舞いをしはじめたからにほかならない。蓮如と教団の周辺は、文明五（一四七三）年ごろからにわかに慌ただしくなった。やがて一揆の時代へと突入することになる。

吉崎は位置的にも、加賀と越前の境という微妙な場所にある。当時、加賀の守護は冨樫《とがし》氏で、越前の守護は朝倉《あさくら》氏だった。朝倉氏が真宗門徒の力を恐れ、一揆に対して警戒を怠《おこた》らなかったのとは対照的に、冨樫氏はその力を見くびっていたところがあった。そして、冨樫政親《まさちか》は文明五年にはじまったお家騒動のとき、真宗門徒に助力を求めてきた。

蓮如は苦悩したにちがいない。しかし、同年、「多屋衆《たやしゅう》」という蓮如配下の有力坊主衆の名で一通の書状が出されている。その内容は「仏法のため一命を惜しまず合戦すべき」というものだった。

多屋衆という名の背後に、蓮如の逡巡《しゅんじゅん》した末の決断がうかがえる。このとき本願寺教団は、富樫政親の政治的な要請にこたえて、門徒たちの一揆勢力を供出した。逆に、政親と対立する弟の幸千代《こうちよ》側には、本願寺派とは敵対する真宗高田派が味方した。そのため、両者は正面から衝突することになった。

文明六（一四七四）年、本願寺教団の力を借りた政親は幸千代との合戦に勝ち、加賀の守護職を手にすることができた。これが、「文明の一揆」と呼ばれる北陸での最初の一向一揆である。

この文明の一揆で、富樫政親を新しい守護の座につけた本願寺教団は、その功績から、守護の手厚い保護を受けるはずだった。しかし、その約束は守られなかったらしい。

政親とすれば、おそらく門徒たちに報《むく》いるより、自分の家臣団の人心を掌握《しょうあく》することが先決だったのだろう。次は自分が倒されるのではないかと疑心暗鬼《ぎしんあんき》になって、政親が一時は手を結んだ門徒たちを、一転して弾圧しはじめたのだともいわれている。

そうしたことから、文明の一揆の翌年、冨樫政親に対して門徒たちはふたたび一揆を起こした。しかし、このときは一向一揆勢の敗北という結果に終わった。しかも、吉崎にいる蓮如にまで危機が及びかねない事態を招いてしまったのである。

蓮如は、自分たちの信仰は、自分たちで守らなければならないと考えていた。しかし、それが守れなくなった場合にはどうすべきか。一時は、武器を取って戦うことも考えただろう。しかし、門徒たちに「戦え」と号令することは、教団の存亡をかけて守護の冨樫や朝倉に敵対することに等しい。反対に、蓮如が「守護を粗略にするな」

蓮如上人御影（鹿の子御影）。幼い蓮如の姿を絵師に描かせ、実母はそれを抱いて寺を去った（福井市・東超勝寺蔵　提供　岩波書店）

かもしれない。

と御文《おふみ》で指示すれば、加賀の門徒たちは不満を抱き、宗主の蓮如から教団が離反する

このころ蓮如の側近で、北陸布教の参謀《さんぼう》役を務めていた下間蓮崇《しもつまれんそう》という人物がいる。蓮如の十男の実悟《じつご》が書いた『天正三年記』では、この文明六（一四七四）年と七（一四七五）年の一揆は下間蓮崇の策略だった、と非難されている。下間蓮崇が、蓮如の意思だと偽って加賀の門徒たちに徹底抗戦を指示した、というのである。

このあたりの事情ははっきりしていない。蓮如の苦悩を察した蓮崇が、独断で一揆をつづけさせ、蓮如を教団の指導者として守ったのだという見かたもある。いずれにしても、蓮如は吉崎を去る決断をした。文明七年八月のことだった。

そのため、この蓮如の行動を「敵前逃亡」という人もいる。また、それ以外にも、いろいろないいかたがされている。

しかし、かつて親鸞は「そこに念仏の縁が尽きたと思えたときには、そこを立ち去れ」といった。板ばさみになった蓮如は、この親鸞の言葉やさまざまなことを考えたうえで、吉崎から退去することにしたのだろう。私は、この蓮如の決断はよくわかる気がする。

もし、蓮如が吉崎にとどまり、織田信長に匹敵するような武将になったところで、いったいなにが残るだろうか。やはり、蓮如は一人の「聖《ひじり》」として各地を歩きまわるほうが彼らしい。私には、このとき蓮如が吉崎を逃れて去っていったのも、ひとつの大きな運命のいたずらだった、と思えるのだ。

歴史家は、もっぱら英雄や豪傑や偉大な人物が歴史を動かし、歴史をつくる、という見かたをする。それはたしかにそうなのだろう。歴史に名を残した一代の風雲児《ふううんじ》たちは、自力で権力の座をつかみ取ったように見える。しかし、実際には他力によって持ちあげられたにすぎない、ともいえるのではないか。さらにいえば、彼らが頂点から突き落とされるのも、やはり他力の風によるのではないか。

歴史を語るときに、「もしジャンヌ・ダルクがいなくても、次のジャンヌ・ダルクがいただろう」といわれることがある。私もその意見に賛成だ。十五世紀前半の百年戦争で、イギリス軍の攻撃にさらされていたフランスの民衆の願望が、あのジャンヌ・ダルクという奇跡のような少女を出現させたのだ、と思うからだ。

そう考えると、蓮如が吉崎をつくったというけれども、じつは、蓮如を北陸の地に呼び寄せた大きな見えない力が働いていたのではないか。歴史という大きなものが蓮如を動かして、吉崎に中世のドリームランドのような大きな宗教都市をつくらせた。そして、こんどはその力のダイナミズムのなかで、蓮如を吉崎から去らせたのではなかろうか。

たしかに人間が歴史をつくる。それは間違いない。だが、わずか数人の優れた人間、偉大な英雄だけが歴史をつくるのではない。

何千人、何万人、何十万人、何百万人という人間たちが、誰かを担《かつ》いで歴史をつくっていく。つまり、大勢の人間の願望や期待や欲望というものが、歴史を突き動かし、自分たちの代理人、エージェントとしてのヒーローをつくりだすのである。

いま、ふだんは観光客もそれほど多くなく、静まりかえっている吉崎がある。この一帯が、十五世紀にはそうした民衆の熱狂の地であったということを想像すると、歴史というものの不思議さを感ぜずにはいられない。

「悪」とされた一向一揆《いっこういっき》の真実

内灘《うちなだ》闘争と一向一揆が重なって見えるとき

私が初めて金沢へ足を踏みいれたのは、昭和二十八（一九五三）年のことだ。それをなぜはっきりおぼえているかというと、ちょうど金沢に滞在している最中に、石川県河北郡内灘村《かほくぐんうちなだむら》（現・内灘町）で大変な騒ぎが起こっていたからである。

内灘は、金沢市から北西に十キロメートルほど離れた日本海に面した寒村だった。その内灘一帯を在日米軍の砲弾試射場のために接収する、という話が昭和二十七（一九五二）年に持ちあがる。翌年の春、一時使用という条件付きで試射場ができた。そして、穏やかな半農半漁の農村に、実弾射撃の音が響きはじめる。

ところが、その後、政府は一時使用という条件を撤回し、試射場の継続使用と永久接収の方針を決定した。その政府の強硬な姿勢に村民たちの怒りが爆発した。ついに反対運動が起こったのである。内灘の人びとを応援するために、労働団体や学生なども続々と内灘入りし、激しい現地闘争がくり広げられることになった。

この内灘以後、各地で基地反対闘争が起こったが、内灘闘争はまさに日本の基地反対運動のはしりだったといえよう。私はその十数年後、学生時代に内灘闘争に参加した女性をヒロインにして、『内灘夫人』という小説を書いている。

あのときは、日本中からあらゆる人たちが内灘へ、内灘へ、と向かっているようだった。当時、東京から金沢方面へいくには、上野駅から上信越線に乗って、途中の長岡駅でスイッチバックして戻るのである。その乗客のほとんどは、内灘へいく学生や労働者や青年やジャーナリストたちだった。夜行列車のなかでも気分が高揚して、みんなで歌をうたったりしていたものだ。

内灘に応援にいくために夜行列車に乗っていたその人たちのすがたが、いま私の脳《のう》裏《り》に浮かびあがってくる。それは、かつて北陸で起きた一向一揆のときに応援に駆けつけてきた、真宗門徒《しんしゅうもんと》たちのイメージと重なってくる。

一向一揆は地元の門徒だけで戦ったのではない。あちこちから大勢の門徒が駆けつけて協力しているのだ。この内灘闘争のときと同じように、遠くから加賀へとはせ参じてきた人たちも大勢いたことだろう。そんなことを想像したのだった。

内灘闘争のときは、私も熱気に巻きこまれるようにして現地へ向かった。そこには、村の女性たちが、乳飲み子を抱いて試射場の着弾地点に命がけで座りこむ姿があった。また、応援に駆けつけた労働者や学生たちと地元の人たちが一緒になって、ムシロ旗をかかげて、通りをジグザグデモをする光景があった。

まだ基地反対闘争というものの前例が、ほとんどなかった時代だった。それにもかかわらず、大勢の人たちがそこまで団結して、大きな政治の力と向きあっていたのである。

加賀の一向一揆のときに、門徒たちがひとつの旗のもとに集まって団結して戦ったあの思い。それが、およそ四百八十年の時をへて、同じ北陸の地でふっと目を覚ましたようにも思える。ひょっとすると、内灘闘争というのはそういうものだったのかもしれない。

当時、一向一揆は、真宗門徒側から見れば「仏敵」の信長や大名に対して戦ったものので、正義の戦いだった。しかし、一揆の発生を恐れた側では、それとは正反対の見かたをしていただろう。そして、江戸時代にはいって幕藩《ばくはん》体制が確立すると、お上《かみ》に逆《さか》らった仏教徒による一向一揆は、当然のことながら「悪」とされた。

さらに、明治時代になり、国家の力がつよくなるにつれて、「一向一揆は逆賊《ぎゃくぞく》」という見かたがますます強化された。しかし、その後、敗戦をへて、昭和二十（一九四五）年以後にはじまった民主化運動のなかでは、一向一揆が見直されている。輝かしい民衆の革命運動であり、農民戦争だというように、一種の人民史観から意味づけられた時期もあったのである。

ところが、それが消え去った後は、あれは一部の過激な連中がやったことで、革命運動ではないという声がでてきた。そればかりか、真宗教団のなかからも、蓮如《れんにょ》の教えは一向一揆とは無関係だという声があがったりした。一向一揆のことを歴史の大きな証言として発言するのをはばかるような雰囲気さえあった。

しかし、私は日本人の歴史のなかで、この一向一揆と百年間の自治共和国のことは、もっと大きく取りあげるべきだと思っている。むしろ、加賀の誇りといってもいいものだろう、とさえ感じているのだ。

観光都市・金沢は、いまや全国の人びとに知られるようになっている。しかし、かつてこの加賀の地に燃えあがった日本人の勇気や、信仰に対する熱烈な思いや、情熱というものを、地元でももう少し声を大にして叫んでほしい、という気がしてならない。

とにもかくにも、あの戦国乱世の時代に、百年近くもつづいた民衆の共和国、名もなき真宗門徒たちが夢を懸けた「百姓《ひやくしよう》ノ持《もち》タル国《くに》」というものがあったのだ。それは、当時の農民や職人や商人たちにとって、こころが熱くたぎるような出来事だったといえるのではなかろうか。

「進めば極楽、退けば地獄」

一向一揆は、学問の世界ではずいぶん長く扱われてきたテーマだ。前出の井上鋭夫《いのうえとしお》氏、あるいは笠原一男《かさはらかずお》氏などの数々の著作は、多くの示唆を与えてくれる。

井上氏の論は、「ワタリ」や「タイシ」をはじめ、農民や定住民以外の山の民や川の民を主たる関心としている点が大変興味ぶかい。

たとえば、『蓮如　一向一揆』（岩波書店）のなかで井上氏は「一向衆の性格」について、「一向衆は、交通手段をもち、高度の機動性をもって迅速《じんそく》果敢な攻撃と見事な退き足を示し、筑紫《つくし》から蝦夷《えぞ》島までの津々浦々に拠点をもち、農村に同盟者をもつつよい軍事勢力となることができたのである」と指摘している。

一向一揆のなかでも、とくに加賀の一向一揆については論が分かれる。その分かれ目というのは、あの一揆は純粋な真宗の信仰の集団によって闘われたものなのか、それはひとつのきっかけにすぎず、雑多な人たちの集まりによるのか、というところにあるようだ。

しかし、世の中のあらゆることは、それほどきちんと割り切れるものではない。なにか物事が起こるときには、その背景にこういうこともあり、ああいうこともあるというしかない。その渾然一体《こんぜんいったい》となったようなものが現実のすがただと思う。それを、ある視点でもって整理して区分けしようというのは不可能なのではなかろうか。

そこで、一向一揆の研究者としては若手のほうに属する、東洋大学文学部教授の神《かん》田千里《だちちさと》氏にお話をうかがった。神田氏には『一向一揆と真宗信仰』『一向一揆と戦国社会』（いずれも吉川弘文館）などの著書がある。

まず、一向一揆とは別に「土一揆《つちいっき》」とか「百姓一揆」といわれるような一揆の形もある。簡単にいえば、一揆とは団結した武装蜂起《ほうき》のことだが、その原初的な形は、歴史上のどのあたりから見られるのだろうか。

神田氏によれば、一揆の本質は「命を懸けられるような団結」であり、それ自体はかなり古い時代からあったという。たとえば、平安時代末期には、日吉《ひえ》神社の神輿《みこし》を奉じた比叡山延暦寺《ひえいざんえんりやくじ》の僧兵や、春日《かすが》神社の神木《しんぼく》をかついだ興福寺《こうふくじ》の僧兵などが、朝廷に何度も押しかけたことがあった。それも本質的には一揆といえる。

ひとつの旗のもとに集まって強訴《ごうそ》するというようなことは、このように平安時代末から中世初期のころにはすでにあった。必ずしも珍しいことではなかったのである。それが、ひとつの信仰、具体的には真宗の門徒という形でまとまって、武器を取って戦うというのは、応仁《おうにん》の乱《らん》後の一向一揆からだという。

この「一向一揆」という名称は、「一向宗」の門徒、一向衆による武力蜂起ということを意味する。もともと「一向宗」というのは、一向専修《いっこうせんじゅ》を宗旨とすることからきた呼びかただった。ただし、当時は一遍《いっぺん》の時宗《じしゅう》も一向宗と呼ばれていて、必ずしも真宗のみが一向宗と呼ばれたわけではない。

蓮如は一向宗と呼ばれることを嫌って、親鸞《しんらん》は浄土真宗と称したと主張している。しかし、近世にいたっても、一向宗は本願寺教団の呼び名として一般化していた。そのため、一般に一向一揆という場合は、浄土真宗本願寺派の門徒による一揆のことを指している。

ある集団がひとつの目的のために団結するためには、絆《きずな》や連帯の土台となるものが必要だろう。それは、ときには、年貢をまけろという経済的な要求の場合もある。既得権《きとくけん》を守るための抗議の場合もある。僧兵たちのように、本山、あるいは大きな神社仏閣の権威をかさに着て団体行動をおこなう場合もある。

そういうなかで、あくまでも信仰という精神的なものを中心にしていたのが、一向一揆だといえるだろう。現実的な権利や利益が連帯の土台だったのではない。

通常の一揆の場合はどうか。もし年貢をまけてもらうのが目的だとすれば、一揆で命まで失ってしまえば、得るものはなにもない。そのため、リーダーとなった人たちは死を覚悟していたとしても、それ以外の人たちは、なんとか生きのびて前より楽な生活をしたい、と内心では思っていたのではないか。

一向一揆は違う。リーダーだけでなく一般の人たちまでが一身を賭《と》して、「進めば極楽、退けば地獄」をスローガンとして参加している。私には、このあたりがそれまでの一揆とは大きく異なるのではないか、という感じがする。

『朝倉始末記《あさくらしまつき》』に書かれているエピソードのひとつに、玄任《げんにん》の妻の話がある。永正《えいしょう》三（一五〇六）年、加賀の一向一揆衆は越前《えちぜん》に攻めこんで、守護の朝倉氏と戦った。その戦いで中心になった寺のひとつが、蓮如が退去したのちの吉崎で留守役を務めていた和田の本覚寺《ほんがくじ》だった。

和田の本覚寺は、「敵ノ方へ懸《かか》ル足ハ極楽浄土へ参《まいる》ト思へ。引退《ひきしりぞ》ク足ハ無間《む》地獄《けんじごく》ノ底ニ沈《しずむ》ト思テ、一足モ退クベカラズ」という命令をだした。しかし、このとき一揆側は朝倉の軍勢に大敗し、石川郡の将だった玄任は、この戦いで討《う》ち死《じ》にしてしまう。

その後、本覚寺では玄任の妻を見舞った。それに対して玄任の妻は、引かずに討ち死にした自分の夫は往生できても、逃げ帰った本覚寺が無間地獄に落ちることが心配だ、といって批判したという。

この『朝倉始末記』は、反一向一揆の立場で書かれている。そのため、このエピソードも僧侶たちの欺瞞《ぎまん》を暴きだす目的で誇張されてはいるだろう。ただし、一揆の人びとが、討ち死にすれば往生、と信じて戦ったのは間違いない。それが、当時の権力者たちを恐れさせた一向一揆勢のつよさだった。

神田氏が強調されるのは、一向一揆を考える場合には、あの時代というものを考えなければいけない、という点である。というのは、当時の人びとにとっては、老いて寿命をまっとうして死んでいけるだけでもかなり恵まれた人生だった。それこそ、何年かおきに戦争が起こっていたわけで、直接関係がなくても、逃げ遅れれば、焼き討ちにあうかもしれない。巻きぞえになって殺されるかもしれなかった。

現在の私たちには想像もできないが、まさに生と死が背中あわせの時代だった。そのなかで人びとは、どういう生きかたが自分として悔《く》いがないか、といやでも考えざるをえなかったのである。それだけに、来世の往生への思慕《しぼ》もつよかった。

しかも、戦争だけではない。凶作も飢饉《ききん》もある。疫病《えきびょう》の流行もある。その上、天災までが追い討ちをかけるように襲《おそ》ってくる。当時の民衆たちは、目の前にそういう「死」というものをはっきりと見ていた。道ばたには斬り捨てられた一揆の農民もいれば、河原に打ち捨てられた累々《るいるい》たる死体の山もあったのである。

いまは、多くの人が病院のなかで隔離されて死を迎えている。そのため、社会のなかで死体を見る機会がほとんどなくなってしまった。その私たちとはまったく違う現実感で、彼らは死というものをひしひしと感じていたと考えるべきだろう。

さらに、凶作や飢饉の年には、食べられなくなった農民たちが、なんとか生きのびるために村からでてくる。彼らが兵として大名のもとに吸収されると、こんどは戦《いくさ》が起こる。最近の研究では、こうして飢饉と戦乱というものが重なることで、その死者の数も被害も増幅されていったと考えられている。

そのなかでは、誰かと結びついて団結していかなければ、とても生きてはいけない。神田氏は、ひとつの団結した集団に属するということが、当時は生きのびていくための前提にもなっていたと指摘する。

では、その団結の仲間は、なにを絆《きずな》とするのが理想的か。その場合、「信仰」を絆とした仲間というのは、かなり頼りがいのある集団ではないだろうか。

とりわけ真宗の場合は、御同朋《おんどうぼう》ということを打ちだしていく。これは、当時としてはとても心強いものだったろう。もちろん、そのころの日本に「アイデンティティ」という言葉は存在しない。だが、それと同じ意味で「自分はなにに帰属しているのか」という問題が、人びとにとっては大きかったにちがいない。

生きていく上での拠《よ》りどころを求める人びとの気持ちは、死と隣りあわせの時代だけに、いまよりもずっとつよかった。そして、それは知識人や身分のたかい人たちのみならず、生活のなかで呻吟《しんぎん》し、明日をも知れぬ身である庶民のあいだにまで、広く根を張っていたのである。

なぜ一揆衆にはエネルギーがあったのか

死後の世界のことや仏に救われたいということが、その当時の民衆たちにとっては切実な問題だった。

その時代に、ひとつの精神的な連帯を共有できる世界があり、それがつよい絆となって団結した組織ができる。そのことが次第に、現世の権力者や民衆を支配する者にとっては、大きな脅威《きょうい》になっていく。

神田氏は、大名たちが真宗門徒に対して感じていたと思われる脅威についてこう語る。

じつは大名といえども、団結して集まっている武士たちによって、神輿《みこし》のように担《かつ》ぎあげられているにすぎない。ところが、そこに、もっと大きなものを担ぎあげようとしている集団のようなものが出現する。「弥陀《みだ》一仏《いちぶつ》」といって阿弥陀仏を信仰する門徒集団だ。

それと比べたときに、自分のほうが見劣りしているのではないか、と感じる。あるいは、自分を担いでいる武士たちも、いつかは向こうについてしまうのではないか、と不安になってくる。大名が感じていたその恐怖は、かなりつよかったはずだという。

そして、そういう大きな力を持ちはじめた集団を見て、それと提携して力を借りようとしたり、利用しようとする人たちも当然でてくる。

前述したとおり、弟の幸千代《こうちよ》と守護職をめぐって骨肉の争いをくり返していた冨樫《とがし》政親《まさちか》もそのひとりだった。彼は、本願寺派の門徒集団に対して助力を求めた。加賀の門徒たちは政親に加担することになり、政親は守護の座につくことができた。しかし、すぐに敵対関係となる。

この文明《ぶんめい》六（一四七四）年の文明の一揆から、天正《てんしょう》十（一五八二）年に白山麓《はくさんろく》で最後の一向一揆衆が滅ぼされるまで、一向一揆の時代は百年以上つづいたことになる。

文明七（一四七五）年に蓮如が吉崎を退去してからの北陸は、堰《せき》を切ったように一揆の時代へとなだれこんでいった。文明十三（一四八一）年には越中《えっちゅう》で大きな一揆が起こる。これは、冨樫政親が、越中井波《いなみ》の瑞泉寺《ずいせんじ》に逃げこんだ加賀の一向一揆衆を、越中砺波郡《となみぐん》の在地領主の石黒光義《いしぐろみつよし》に滅ぼさせようとしたものだった。

ところが、石黒勢が敗北したために、ふたたび勢いづいた加賀の一向一揆衆が、帰国して逆に政親を追いつめる、という皮肉な結果になった。

そして、長享《ちょうきょう》二（一四八八）年に起こったのが、一向一揆としてはもっとも有名な「長享の一揆」である。この戦いで、ついに一向一揆衆が守護の冨樫政親に勝つ。このときから加賀に一向一揆の国が誕生することになったのだった。

最初にも書いたように、加賀の真宗門徒たちは、高尾城にたてこもる守護の冨樫政親を攻め、ついに自害させた。その様子を記した史料によれば、一向一揆側の兵力は合計すると十三万人あまりになるものや、二十万人と書かれたものもある。一方、攻められた政親側の兵力は一万人あまりで、一揆衆の勢いの前に二週間ほどで決着がついたという。

一向一揆は、それまで自然発生的にあちこちで起こっていた。しかし、このとき高尾城を攻め落として、守護大名を実力で屈服させたということが、一向一揆集団のなかでの画期的な第一歩になった。

そして、一般にはこの長享の一揆（一四八八）から金沢御堂《かなざわみどう》の陥落（一五八〇）までの九十二年間を、加賀共和国の約百年というように呼んでいる。

ところで、この一向一揆に加わったのはどんな人たちだったのだろうか。井上鋭夫氏は、一般の農民のほかに「ワタリ」や「タイシ」と呼ばれる非定住民、非農業民たちのはたした役割を重く見ている。

井上氏によれば、本願寺教団は、当時の一般社会から卑賤視《ひせんし》されていた行商人、船運、海運、漁業に従事する者から、山間地帯を流動する狩猟民、杣工《そまこう》、木地師《きじし》、紺掻《こんかき》、金掘り、鋳物師《いものし》、鍛冶師《かじし》などまでを門徒としていたという。

そして、「念仏の功徳《くどく》で罪障《ざいしょう》の消滅した一向衆は勇敢だった。仏神領《ぶつしんりょう》を侵奪《しんだつ》し、社寺を破壊し炎上させても、阿弥陀如来のためとあれば往生は保証されていた」（『蓮如一向一揆』岩波書店）と井上氏は述べている。

また、門徒の集団のなかで、とくに農民を中心とする説もある。あるいは、本願寺もひとつの権力であり、それが多くの雑民を吸収し、下級武士や土豪や浪人たちのエネルギーを吸いよせて利用したのだ、という説もある。

土一揆の場合は、農民の一揆というふうに考えられるが、一向一揆はいろいろな職業の人たちの混成部隊だった。各地から駆けつけてくる応援部隊もいた。石山本願寺と信長の石山合戦のときには、雑賀衆《さいかしゅう》などが当時の最新武器である鉄砲を持ちこんで大活躍した。

さらに、一向一揆には新興雑民勢力というべき人たちも加わっていた。それは、馬借《ばしゃく》や車借《しゃしゃく》などの交通労働者をはじめとして、職人や商人など、ある意味では蔑視《べっし》されていた非定住民たちである。当時、こうした人びとはどこかうさんくさげに見られていたが、現実には大きな力を獲得しつつあった。

彼らは一定の土地に縛りつけられていない。いろいろな土地へ自由にいくことができる。そして、その土地の新しい風俗などもどんどん採りいれて持ってくる。身分は低く見られているが、金は持っている。しかも、きっぷがよくて金遣《かねづか》いもいい。

そのため、馬借や車借などは若い娘たちの憧れの的《まと》だったそうだ。当時の流行《はや》り唄にも、そういうことがうたわれているという。そこから、当時の新興雑民階級のイメージが、なんとなく見えてくるような気がする。

要するに、彼らは颯爽《さっそう》たる存在だったのだ。知恵も才覚も腕もあり、ありあまるエネルギーも持っていた。ただし、社会的な目線では農民より下のほうにランクされている。鬱屈《うっくつ》した思いも抱えていたにちがいない。こういう人たちが下剋上《げこくじょう》の時代をへて、沸々《ふつふつ》とたぎるようなエネルギーを持って集まったときには、大変な力になったことが想像できる。

さらにこの時代には、彼らの機動力、情報力は大きな意味を持っていたはずだ。たとえば、戦闘にはさまざまな情報が必要になる。そういう役に立つ情報というのは、本願寺教団がこうした集団とかかわっていないかぎり、まず得られなかっただろう。

当時の交通ルートは川や海が重要だった。そのため、門徒のなかに水運、海運の交通労働者がたくさんいたことは、補給兵站《ほきゅうへいたん》の面で決定的ともいえる意味を持っていた。また、行商人などがたくさん門徒にいたため、武器など戦いに欠かせない物資を調達する力もあったはずだ。

とはいえ、一揆に参加したすべての人が真宗の門徒だったとは思えない。どこかにひとつ、心棒のように「浄土往生」という雰囲気があったのは間違いない。とはいえ、真摯《しんし》な信仰者もいれば、関心がないのにあるふりをしている人もいただろう。

神田氏によれば、研究者のあいだで異論がでてくるのは、一向一揆に加わっていた人たちは本当に教義をわかっていたのかどうか、という点だという。当時、文字が読めるのは上のほうの階層に限られている。そうすると、実際に親鸞の書いたものを見たり読んだりしたことがある門徒は、ごく少数しかいなかったことになる。

しかし、信仰で結束するということは教義の理解ではなく、信頼関係に基づく信仰だ、と神田氏はいう。私もそれにはまったく同感だ。そして、門徒の集団のなかには、知識人もいれば武士もいて、商人もいるというように、雑然としたものが集合しているからこそつよかったのだ、という気もする。

たったひとつの階層からなり、たったひとつの要素だけを共有する集団は、逆にいえば広がりがなく、壁を越えることができない。ところが、真宗門徒の場合は、御同《おんどう》朋《ぼう》という言葉で一挙に階層や身分の壁が壊れた。そして、それぞれが人間として持っている才能や情熱が、激しく熱く燃えあがっていった。それが一揆という形で火を噴いたのである。

以前、『蓮如――聖俗具有の人間像』（岩波新書）のなかでも書いたが、蓮如という人は、ひとつの民衆の依代《よりしろ》、いわば巨大なエネルギーのとりつくもののような役割をはたしたのだと思う。

北陸の門徒たちは、蓮如というひとつのシンボルを担いで、それを自分たちのエネルギーとして解放したのだ、と私は考えている。

本願寺を〝こころ〟の拠りどころとして

吉崎での蓮如は、政治と信仰との葛藤《かっとう》のなかで苦しみ、そして燃えつきたのだろう。自分が種をまき、必死で育てた木々が、巨大な森となって繁茂《はんも》して、ついには蓮如すら圧倒する「一向一揆」という怪物と化したのだから。

蓮如は、多屋《たや》衆《しゅう》の説得におされて、おそらく本意ではない仏法守護の戦いのメッセージを発した。また、その後は一転して「一揆を起こすな」という無抵抗主義を説く。しかし、彼の気持ちとは裏腹に、一向一揆は北陸の地にはてしない武力抗争をもたらすことになった。門徒自体の持つエネルギーが、蓮如をも乗り越えて沸騰《ふっとう》するとは、彼自身にも予想できないことだったにちがいない。

結局、蓮如は吉崎を去る。その十三年後に長享《ちょうきょう》の一揆が起こり、ついに加賀の一向一揆衆が守護の冨樫《とがし》氏を倒す。その知らせを、蓮如はどんな思いで聞いたのだろうか。

このとき、彼は一揆の中心となった有力寺院の吉藤専光寺《よしふじせんこうじ》と木越光徳寺《きごしこうとくじ》に宛てて、「お叱りの御書」あるいは「成敗の御書」と呼ばれる御文《おふみ》を書いている。

井上鋭夫氏は、こうした蓮如について「蓮如はナロードニキの仮面をかぶったアリストクラァトであることを暴露したのであった」と述べている。つまり、人民主義の信奉者という仮面をかぶりながら、じつは貴族政治主義者だったのだ、という痛烈な批判である。それについては、今後もさまざまに議論がつづけられていくことだろう。

とにかく、蓮如が北陸を去ったのちに、加賀には「百姓ノ持タル国」が誕生する。そして、明応《めいおう》八(一四九九)年に蓮如が亡くなってからも、織田信長方の柴田勝家《しばたかついえ》の軍勢に攻撃されるまで、じつに百年近くつづいたのだった。

そのあいだの加賀の門徒たちと本山との関係はどうなっていたのだろうか。本願寺は、かつて荘園を支配した貴族のように、「百姓ノ持タル国」を自分たちの末寺《まつじ》ととらえた。そして、それをコントロールしようとしたし、献金も要求している。

しかし、加賀の門徒たちがそれに従っていたのは、本願寺が本山として存在していることに、メリットを感じていたからだろう。

そのことで思い出したことがあった。明治に改元される年（一八六八）に隠岐《おき》で起こった事件、いわゆる「隠岐騒動」である。このとき、隠岐の四十八カ村の島民たちは、竹槍《たけやり》やマサカリやクワを持って武装し、いわば一揆のようなことを起こした。そして、松江藩から派遣されている行政官を、島から追放してしまったのだった。

隠岐の島民たちは自治政府、いわばコンミューンをつくった。しかし、一方、幕府や松江藩の支配の代わりに、明治新政府、あるいは天皇という「中央の権威」というものを彼らは必要とした。そこに島民たちは自らのアイデンティティを求めたのである。

一向一揆衆にとっては、それが本願寺という存在だった。同時に、開祖の親鸞をはじめ、本願寺宗主である蓮如（八代）、実如《じつによ》（九代）、証如《しようによ》（十代）、顕如《けんによ》（十一代）も、門徒たちにとっては大きな存在であり、拠りどころになっていたといえるだろう。

石山本願寺と織田信長との石山合戦がはじまったとき、顕如が、全国の門徒に決起《けつき》の檄《げき》を飛ばした。すると、北陸の門徒たちは石山本願寺に兵糧米《ひようろうまい》を送りこみ、武器を持ってはせ参じている。

神田氏はこれからのテーマとして、一向一揆のなかでの「寺」の役割ということを、あらためて考えてみたいという。というのは、一向一揆は宗教が基本になっていて、明らかに信仰集団として戦っている。そのなかで、当時の寺がいろいろなことをしていたのはたしかだが、具体的にはよくわかっていないというのである。

凶作や飢饉があれば、すぐに年貢をまけろと要求する門徒の農民たちが、本願寺が焼けたと聞けば、その何倍もの寄付を送ってくるのはなぜか。それは、搾取《さくしゅ》だとか、イデオロギー操作というようなものなのか。いや、そんなことではないだろう。

「召しあげられる」のと「捧《ささ》げる」のとでは全然違う。税金を納めてうれしい、という人は少ないだろう。しかしボランティアでのカンパは、いいことをしたという気持ちになる。本願寺に寄進する門徒たちも、いいお布施《ふせ》をさせてもらった、と感じていたはずだ。その違いは決定的である。寺の持つひとつの意味は、そこにあるのかもしれない。

寺に対する批判は多い。口ではえらそうなことをいっていても、実際にやっていることは金儲けではないか、などなど。そう非難を浴びながらも、ずっとこの国に寺がなくならずに存続しているのは、「民衆が寺を必要とする」からだろう。

逆にいえば、寺も僧侶も、そういうものを必要とする人たちに担がれている神輿《みこし》なのかもしれない。

江戸時代、真宗禁制下の薩摩《さつま》藩で「隠れ念仏」の信者たちは、貧しさと迫害のなかで、少しずつ工面したお金を集めては、志納《しのう》金として京都の本願寺に送っていた。そのことだけを見て、なんと愚かな連中だろう、といってしまえばそれまでだ。だが、私にはそうは思えない。むしろ貧しければ貧しいほど、苦しければ苦しいほど、彼らにとっては本山というものが絶対に必要だった。彼らにとっては、それが大事なところの拠りどころになっていたのである。

金沢は御堂《みどう》を中心にして生まれた寺内町《じないまち》

長享《ちょうきょう》二（一四八八）年に加賀に誕生した「百姓ノ持タル国」は、外敵と戦いつつ、内部に問題も抱えながら百年近くつづいた。その事実は、あの戦国の世の中では奇跡といってもいいほどだし、謎《なぞ》でもあると思う。

ただし、この「百姓ノ持タル国」というのは、農民の国という意味ではない。じつは、「百姓」という言葉は、本来は国を治めるような身分ではない人びと、という意味で使われている。そのなかには農民も漁民も商人も職人も含まれていた。

最初のうち、その「百姓の国」で中心的な役割を担っていたのは、「加賀三カ寺」と呼ばれた三つの寺だったといわれている。二俣《ふたまた》から若松《わかまつ》に移っていた本泉寺《ほんせんじ》、いまは小松市になっている波佐谷松岡寺《はさたにしょうこうじ》、加賀市山田《やまだ》の光教寺《こうきょうじ》だ。

これらの住職は蓮如の息子たちが継いでいた。おそらく、蓮如の吉崎退去後はこの三つの寺が、蓮如の息子の寺として、門徒の信心の拠りどころになっていたにちがいない。

門徒の組織としては講《こう》があったが、加賀にはそれとは別に、郡《ぐん》とその下の組《くみ》という組織があった。これらは軍事組織で、最初は軍団のようなものだったらしい。それが、次第に行政や司法の役割もはたすようになっていった。

その加賀国に、新たに政治と信仰の中心となる「金沢御堂《かなざわみどう》」が建立される。「御堂」というのは、大阪のメインストリートの「御堂筋」の御堂と同じだ。この金沢御堂があった場所は、現在の金沢城址《じょうし》だといわれている。

証如が書いた『天文日記《てんぶんにっき》』によれば、天文十五（一五四六）年十月に、金沢の坊舎に下す本尊の木仏や親鸞の御影《ごえい》、名号《みょうごう》、三具足《みつぐそく》その他の仏器などが石山本願寺から送りだされたという。そのため、金沢御堂は天文十五年に建立されたという説が有力だ。

ところで、金沢には浅野川《あさのがわ》と犀川《さいがわ》というふたつの川が流れている。浅野川は、泉《いずみ》鏡花《きょうか》などにゆかりの深い有名な川で、「女川《おんながわ》」とも呼ばれている。なんとなく女性的な感じがするからだろう。一方の犀川は「男川《おとこがわ》」と呼ばれる堂々とした川だ。

そのふたつの川が流れるあいだにはさまれて削《けず》りだされた台地が、小立野《こだつの》台地である。その台地の尻尾《しっぽ》の部分に当たるところにあるのが金沢城址公園だ。そして、その隣には、かの有名な兼六園《けんろくえん》がある。

金沢御堂は「御山《おやま》御坊」とも「尾山《おやま》御坊」とも呼ばれていたという。門徒たちは、本願寺と一体のものとして「御山」と呼んでいた。のちに小立野台地の尻尾の部分であるということで、「尾山」という呼びかたが生まれたらしい。

この金沢御堂が天文十五年ごろに完成すると、それまで目立った集落もなかった場所に、急速に町が形成されていった。つまり、金沢という都市は、金沢御堂という寺を中心にした寺内町《じないまち》として発展してきたのだ。

金沢という町が誕生し、地域の拠点都市となるまでの歴史は、まさに大阪という都市の成り立ちと相似形《そうじけい》を描いて、私の目には映ってくる。

大阪がかつて寺内町であったことは、『日本人のこころ1』（ちくま文庫『宗教都市と前衛都市』）でもくわしく述べた。城下町が城を中心にした町であるのに対して、寺内町は寺を中心とした町だ。

とくに十五～十六世紀、一向一揆の火の手が全国であがった時期に、本願寺門徒を支えた拠点のひとつが寺内町だった。吉崎や石山をはじめ、河内富田林《かわちとんだばやし》、越中井波《えっちゅういなみ》、大和今井《やまといまい》、山科《やましな》など、各地に有力な真宗寺院を中心とした寺内町が誕生している。

寺内町は一種の治外法権《ちがいほうけん》の町で、守護や荘園領主が徴税《ちょうぜい》しようとしても、住民は従う必要がなかった。そして、町のなかでは自由な楽市《らくいち》が開かれてにぎわった。周囲には堀をめぐらせ、土塁《どるい》をきずき、自衛力も備えていた。

金沢という都市が誕生したときの最初のすがたは、この寺内町だったのである。

消し去られる一向一揆の史跡

私は金沢時代、小立野《こだつの》台地の奥のほうに住んでいた。それで、あの一帯は非常になじみの深い場所だ。兼六園を抜けて、城内を通って、香林坊《こうりんぼう》という繁華街のほうに降りていくというのが、いつもの散歩コースだった。

金沢城址で当時のすがたを残しているのは、外壁と「石川門」という門のあたりだけである。そのたたずまいが黒澤明《くろさわあきら》監督の映画にでてくるような雰囲気なので、私は気にいっている。金沢に住んでいたころは、友人が遊びに来ると、よくその付近を案内したものだった。また、三十数年前にまだ若い駆けだしの作家としてデビューしたころ、週刊誌などのグラビアをこのへんで撮ってもらったこともあった。

その金沢城址にいまも「極楽橋《ごくらくばし》」と呼ばれる橋がある。この名前は、おそらくこちら側の娑婆《しゃば》から向こう側の金沢御堂、つまり極楽浄土へと渡っていく橋、ということで名づけられたものだろう。この橋自体は前田家の時代になって架け直したものらしい。しかし、それでもどこかで、当初の極楽橋の面影《おもかげ》を伝えているような気がする。

極楽橋を渡ってみると、そこには大きな石がひとつだけぽつんと残っていた。上には丸い窪《くぼ》みがあり、水が溜《た》まっている。地元では、金沢御堂時代の手水鉢《ちょうずばち》だったのではないかとか、礎石《そせき》ではないかといい伝えられているという。

これも定かではない。しかし、私には、旧御堂の大きな柱を建てるのに使われた礎石に思えた。もし、これが本当に礎石だとすると、金沢御堂はかなり大きくて立派な建物だったことだろう。

この極楽橋を渡ったところには、金沢大学理学部が管理していた植物園がある。ちょうどその付近が金沢御堂跡だと推定されている。そのあたりを歩いてみると、都会の中心にあるとは思えないほど深々とした森になっていた。地元の人によると、最近は数が減ってきたものの、タヌキやムササビなども棲《す》みついているという。

ここにはその後、金沢城が建てられ、さらには軍の司令部と兵営が城内に置かれるなど、しばしば大きな工事が行われた。そのため、かつての金沢御堂の遺構《いこう》は、残念ながら完全に破壊されてしまっている。

また、金沢御堂の面影を想像させるような絵も図面も、なにひとつ残っていない。まさに「幻の金沢御堂」であって、いったいどのようなものだったのかは、想像するしかないわけだ。礎石のような石は、その唯一の貴重な遺物だということになる。

専門家や郷土史家のあいだでは、この金沢御堂のこともいろいろ研究されているし、もちろん、それについて書かれた文献もたくさんある。ただし、それが一般レベルには広がらず、いわゆる学問的研究という域にとどまっているように思える。

たとえば、金沢市民が金沢という都市を考える場合に、拠りどころになるような研究が広く一般に伝えられているとはいえないのではないか。市民の遺産として、その土地の歴史が語り伝えられていないのは、残念な気がしてならない。

一向一揆の大軍が、加賀の守護大名の冨樫政親《とがしまさちか》を攻め、自害させて権力を奪取した舞台となった高尾城。歴史的にも大きな意味を持つ高尾城址に足を運んでも、いま、そこにはその歴史を物語るようなものはなにもない。ただ、荒涼とした竹林につつまれた山が横たわっているだけだ。地元のタクシーの運転手に聞いてみたが、高尾城址の由来についてはほとんど知らないということだった。

井上鋭夫氏は、この高尾城址についてこんなふうに述べている。

「昭和四十五年九月から、多数のブルドーザーが出動してこの城山をつきくずしはじめた。北陸高速自動車道路の土取り場に〝指定〟されたからである。道路公団と石川県および石川県教育委員会は一致協力して〝国策〟を推進し、一向一揆が大勝した、稀有《けう》にして汚辱《おじよく》（？）に満ちた史跡を破壊し去ったし、金沢市民も空しく拱手傍観《きようしゆぼうかん》するのみであった」（『蓮如　一向一揆』岩波書店）

私が金沢に住んでいた当時は、高尾城址の下のほうに大きなモニュメントがあった。そして、そこには「百姓ノ持タル国」の沿革のような内容が細かく書かれていた。

その一向一揆を記念するモニュメントを久しぶりに見にいってみると、いつの間にか跡形もなく撤去されてしまっていた。代わりにその場所にあったのは、なんと教会だった。しかもホテルの結婚式用の付帯施設という形で、メルヘンチックなチャペルが建っていたのである。これは、その場所の意味を考えると、かなり皮肉な光景だった。

私はそれを見て驚いたし、またがっかりもした。やがては一年、一年と、この高尾城のことも一向一揆のことも、この金沢で起きた歴史の興亡も、すべて忘れ去られてしまうのではないか、という心細い感じがしてならなかった。

織田信長が敵意を抱いた「百姓ノ持タル国」

その後、一向一揆は北陸だけではなく、各地で起こっている。

一向一揆勢が冨樫政親を倒した長享《ちょうきょう》の一揆（一四八八）以降の主なものだけでも、永正《えいしょう》三（一五〇六）年に越前で起きた永正の一揆、享禄《きょうろく》四（一五三一）年に加賀で本願寺門徒同士が戦った大小《だいしょう》一揆、永禄《えいろく》六（一五六三）年の三河《みかわ》一向一揆、元亀《げんき》元（一五七〇）年の伊勢長島一向一揆、天正《てんしょう》二（一五七四）年の越前一揆などがある。そして、その間には、石山本願寺と織田信長のあいだで、約十年間にもおよんだ石山合戦があった。

一向一揆は、十五世紀後半から十六世紀後半にかけて嵐のように吹き荒れた。それまで雑草のように思われていた民衆や百姓たちが、一国の守護大名を攻めて討ち滅ぼしたという情報は、日本列島のすみずみにまで語り伝えられていったことだろう。

それは、当時の大名や武将たちを震撼《しんかん》させた。同時に、全国の民衆や百姓たちには、自信というものを植えつけたにちがいない。

しかし、その一向一揆の勢いも、戦国時代末期になるとかげりがみえはじめる。天下統一を目指す織田信長が、本願寺教団に対して異常なほどの敵意を抱き、容赦なく攻撃して、追いつめていったのだった。

信長は本願寺に対して、元亀元年に石山からの退去を要求する。それに屈せず、宗主の顕如《けんにょ》は各地の門徒に檄《げき》を飛ばし、信長と真っ向から対立することになった。約十年にもおよぶ信長と石山本願寺との石山合戦のはじまりである。

このとき、信長に対してまっさきに一揆を起こしたのが、伊勢長島の門徒だった。

長島の門徒たちは織田軍を攻め立てたが、信長の報復は残虐を極めた。いわゆる「根《ね》切《ぎ》り・撫《な》で切《ぎ》り」といわれる皆殺しを実行したのである。『信長公記《しんちょうこうき》』によれば、信長はこのとき、二万人の門徒を柵《さく》に閉じこめて焼き殺すように命じたという。

石山合戦がはじまってから六年後、石山本願寺の顕如は、籠城《ろうじょう》をはじめることを余儀なくされた。このとき、石山本願寺の生命線となったのが、北陸と雑賀《さいか》の門徒だったといわれている。

北陸と同じように、紀州（現在の和歌山県と三重県の一部）の雑賀にも、蓮如の時代から真宗が急速に浸透していた。雑賀の門徒たちは、当時の最新武器だった鉄砲を持って本山に駆けつけた。その鉄砲集団は織田軍を苦しめることになる。

しかし、天正八（一五八〇）年になって、信長は石山本願寺を落城寸前まで追いこむ。このとき、信長はどういうわけか「根切り・撫で切り」作戦はとらず、朝廷を動かして和議を申しいれた。それに対して、本願寺教団は、講和を受けいれた宗主の顕如と、徹底抗戦を叫ぶ顕如の長男の教如《きょうにょ》とが分裂する。しかし、最後には教如も石山から退去せざるをえなくなり、石山本願寺は炎上した。

石山合戦で本山が窮地に陥ったことが、全国の門徒たちを大きく動揺させたことは間違いない。加賀の一向一揆衆のなかからも、織田軍優勢と見て逃げだす者がいたらしい。

そのため、政治と軍事の中心だった金沢御堂は足並みが乱れ、その機能をマヒさせてしまう。そして、石山本願寺の炎上より四カ月早く、天正八年四月に陥落した。最後の勝敗はあっけなく決したといわれている。一部地域では激戦もあったようだが、冨樫政親を倒したときの熱気は、一向一揆勢にはもはやなかった。

そして、百年近くつづいた「百姓ノ持タル国」はついにその幕を降ろしたのだった。

七つの村が全滅、無人の荒野に

天正八年に加賀を攻めて金沢御堂を落としたのは、信長の命を受けた柴田《しばた》勝家《かついえ》の軍勢である。しかし、このときの激戦についても、ほとんど記録が残されていない。わずかに、いくつか伝説のような話が語り伝えられているだけだという。

そのひとつが「甚右衛門《じんえもん》坂」という坂の名前の由来である。いまも金沢城址から西町へ下る坂が「甚右衛門坂」と呼ばれている。これは、平野甚右衛門という一向一揆側の旗頭《はたがしら》だった人物の名前からきているそうだ。このときの甚右衛門の獅子《しし》奮迅《ふんじん》の戦いぶりは、味方も敵もすべてが称賛するほどだった。そのため、その場所を記念する意味で「甚右衛門坂」と呼ぶようになったのだという。

こういう話を聞くと、いまでも金沢市内にそういう形で一向一揆の名残《なごり》が残っているのか、と感慨をおぼえずにはいられない。

また、金沢御堂が落ちた後も最後まで武器を捨てず、柴田勝家の軍勢に対して抵抗をつづけた人たちがいた。白山麓《はくさんろく》の山内衆《やまのうちしゅう》と呼ばれた門徒たちである。鈴木《すずき》出羽守《でわのかみ》を将とする山内衆は、攻め寄せる柴田軍を何度も撃破して、粘りづよく戦った。

山内衆は、加賀の講組織のなかでも歴史が古い精鋭部隊だった。一揆衆は、鳥越村《とりごえむら》の鳥越城と二曲《ふとげ》城という山城を拠点にして、柴田勝家の軍勢と激しい攻防をくり返したのである。

白山麓はゲリラ戦にはもってこいの地形だった。そのため、さすがの柴田軍も、人数では問題にならない山内衆に苦戦をした。敵が手強《てごわ》いと見てとった柴田勝家は、とうとう鈴木出羽守を謀略でおびきだして殺害する。そして、鳥越城を落として手中に収めた。

山内衆の拠点・鳥越城址（提供　戎光祥出版）

それでも、翌年の天正九（一五八一）年、一揆衆はふたたび鳥越城の奪回に成功する。しかし、柴田勝家の甥の佐久間《さくま》盛政《もりまさ》がただちに鳥越城を攻めて陥落させ、一揆勢を撫《な》で切《ぎ》りにした。さらに、柴田勝家、前田《まえだ》利《とし》家《いえ》らは村々にはいって、執拗《しつよう》に残党狩りをつづけた。最後に残った一揆勢三百人以上は、捕らえられて磔刑《たっけい》にされたという。

　このとき、あたりの山野は門徒たちの血で染まり、七つの村が全滅し、無人の荒野になったといわれている。結局、一揆勢の抵抗は、信長が本能寺の変で命を落とす天正十（一五八二）年までつづいたが、ついにこの白山麓の攻防を最後に鎮圧されたのだった。

当時、白山麓の山内衆も、信長の軍勢の残忍さは伝え聞いていたことだろう。それにもかかわらず、彼らは最後までひるむことなく、果敢な抵抗をつづけた。この一帯は、それほどまでにつよい信心を絆にして、村人たちが団結していたのである。

彼らは、仏敵である信長の軍勢に対して一歩も引かずに戦った。それが村を挙げての一向一揆となり、最後には三百人以上が磔《はりつけ》にされた。

その山内衆の拠点だった鳥越村に平成十三（二〇〇一）年四月、「鳥越村一向一揆歴史館」がオープンした。案内書には「歴史に埋もれがちな、信仰心に燃える本願寺門徒の民衆像を、様々な展示品により蘇《よみがえ》らせ、約百年にわたり、加賀の一向衆徒により、自治がおこなわれたその本質を見つけだす展示内容となっています」と書かれている。

これは、霊峰《れいほう》白山の山麓を舞台にくりひろげられた一向一揆を風化させず、もう一度とらえ直そうという試みだろう。

また、鳥越村では毎年八月に「一向一揆まつり」も行われている。前夜祭には灯籠《とうろう》流しや、先人たちをしのぶ追悼《ついとう》の薪能《たきぎのう》などの催しがある。翌日の祭りの本番では、仮装した人たちによる盛大な一向一揆行列が行われ、最後は花火大会で締めくくられる。

山内衆が立てこもった鳥越城は、白山麓の出入口をにらむ要害の地だった。その鳥越城址で発掘調査が行われ、本丸跡からは、臼《うす》、備前焼《びぜんやき》のカメ、漆塗椀《うるしぬりわん》、中国製磁器《じき》、銅銭《どうせん》をはじめ、食糧の米、粟《あわ》などが炭化《たんか》した状態で出土している。武器としては鉄砲玉、小刀、鎧《よろい》の断片なども見つかっている。これらは一向一揆歴史館で見ることができる。

さらに、現地の鳥越城址では城門などが一部復元されている。標高三百メートルあまりの山頂にある鳥越城址に登ると、山内衆が称《とな》えた「南無阿弥陀仏《なむあみだぶつ》」の念仏の声が、ここから山野に響いたのだろうか、と想像させられる。

ある意味では、ユニークな〝村おこし〟といえるかもしれない。しかし、逆賊とも見られがちな一向一揆を、このような形で自治体が取りあげるのは珍しいことなのではなかろうか。

そこには、一向一揆の〈記憶〉を後世に伝えよう、という鳥越村の人びとの熱い思いがこめられているような気がする。

革命都市としての金沢

砂金《さきん》洗いの沢から「金沢」に

金沢の人たちは、加賀百万石《かがひやくまんごく》の城下町・金沢ということを大変誇りにしている。市内のメインストリートを「百万石通り」と名づけ、毎年「百万石祭り」を開催し、なにかというと「百万石の伝統」というふうにいう。

しかし、それは前田家が他国からこの金沢に支配者としてはいってきてからの金沢なのである。ひねくれた見かたをすれば、前田《まえだ》利家《としいえ》という武将が戦国の世で成りあがり、外から権力者としてここに進駐してきてからの歴史なのだ。前田利家は、尾張愛《おわりあい》知郡荒子村《ちぐんあらこむら》（現・名古屋市中川区荒子町）で生まれた人で、それまで金沢とのつながりはなかった。

たしかに、百万石というのは大変なものだろう。しかし、前田家が金沢にはいったのは十六世紀後半の天正《てんしょう》十一（一五八三）年である。それ以前の金沢は、「百姓《ひゃくしょう》ノ持《もち》タル国《くに》」であり、金沢城ができる前には金沢御堂《かなざわみどう》があった。この寺こそ、加賀百万石のもうひとつ前の金沢の中心だったのである。大阪がそうだったように、城下町になる前の金沢は寺を中心として繁栄した町、いわば宗教都市だった。しかし、寺内町というイメージは、現在の金沢にはほとんど残っていない。

加賀百万石の伝統や美術工芸のイメージから、金沢は古い町だといわれる。だが、金沢城址《じょうし》のさらに深いところには、金沢御堂の跡がある。加賀百万石の風土の前には、さらに古い金沢御堂を中心とする加賀の風土、あるいは物語というものがあった。

それらをもう一度掘り起こすことによって、藩政時代だけではない、もうひとつの新しい金沢を見つけだすことができるのではなかろうか。ここでは「百姓ノ持タル国」から「加賀百万石」にいたるまでの金沢の歴史をたどってみたいと思う。

その前に「金沢」という地名だが、この地が金沢と呼ばれるようになったのは、それほど古い時代ではない。

現在、金沢城址の一角に小さな泉がある。そこには「金城霊沢《きんじょうれいたく》 昔芋掘藤五郎《いもほりとうごろう》がこの泉で砂金《さきん》を洗い、金洗沢《かなあらいざわ》とよばれていた。これが金沢の地名の起りである」と書かれた案内板がひっそりと立っている。

その伝承によると、この地で自然薯《じねんじょ》を掘って生活していた「芋掘り藤五郎」という者がいた。ある日、彼が芋を掘ると根の端っこにキラキラと光るものがある。これはなんだと手に取ってみると、どうやら砂金らしい。それ以来、藤五郎は付近の芋を掘るたびに砂金が取れて、ついに大金持ちになったという。

この話が史実かどうかはわからない。いずれにしても、ここに沢があって水が流れていたということと、砂金取りの人びとがこの台地のあちこちを掘って、砂金を集めていたのは事実らしい。その砂金を洗った沢が自然と「金洗い沢」と呼ばれるようになった。そして、それが縮まって「金沢」という地名が生まれたのだという。

ただし、この芋掘り藤五郎の話は地元でもあまり知られてはいないようだ。タクシーの運転手に「金沢という地名はどこから来ているんですか?」と聞いても、「さあ、どうなんでしょうか」と首をひねっていた。

藤五郎が芋を掘った小立野《こだつの》台地は、太古に犀川《さいがわ》と浅野川《あさのがわ》によって形成された。その際、上流のほうにあった片麻岩《へんまがん》を水流が浸食して、その岩が含んでいた金を台地の土壌に沈殿させた。そのため、ここが砂金埋蔵地帯になったのだという。

砂金を掘る人びとがこの台地の末端に住みついたのは、守護の冨樫政親《とがしまさちか》が一向一揆衆に敗れて、加賀が「百姓ノ持タル国」となった後だったらしい。この一帯が「金沢」と呼ばれはじめたのも中世以降である。それ以前の金沢は、小さな村がいくつか点在していたにすぎなかった。

いまでこそ金沢は、「古都」というイメージで語られたり、「小京都」と呼ばれたりしている。しかし、実際には新興の土地だった。古墳時代や縄文時代あたりまで遡《さかのぼ》れば別だが、律令国家時代における加賀地方は、むしろ開発が遅れた土地だったのだ。

奈良時代の弘仁《こうにん》十四（八二三）年に「加賀立国」と書かれた記録があり、それが日本のなかで国ができた最後、ということになっている。自然条件が厳しい地域だということで、大和朝廷も、立国する価値が低いと見ていたのかもしれない。

北国新聞社編著の『真宗の風景』のなかで、司馬遼太郎《しばりょうたろう》氏がインタビューに答えて、そのことに触れていたのが印象的だった。加賀は日本の歴史のなかでは新しく開けた場所で、開拓が本格的に進んだのは鎌倉初期か中期だろう、と司馬氏は述べている。

そして、もし一向一揆《いっこういっき》が起こる前の加賀平野の有力な家を訪ねて、そこの田はいつ開いたのかと聞くことができたとしたら、自分だと答えるか、せいぜい遡っても祖父の代だと答えるだろう、ともいっている。

そんなピカピカの新田だったところに、幕府から守護に任命されてやってきた大名が、当然のような顔をして、年貢を払えと命令する。いま開いたばかりといってもいい田なのに、加賀とはなんの関係もない〝にわか〟守護大名などに、人びとがたかい税金を払う気にならなかったのも無理はない。

もちろん、加賀の農民たちは、ここはおれたちがつくった土地なんだ、という自負を持っていたはずだ。そのことは非常に大きかっただろうと思う。そうした状況で加賀の一向一揆は起こった。そして歴史的な「百姓ノ持タル国」が生まれたのである。

悪の代名詞にされた言葉「ネブツモン」

加賀共和国は、織田信長《おだのぶなが》というひとりの天才的な武将によって崩壊した。しかし、すぐに前田利家が金沢を統治したわけではない。金沢御堂は天正《てんしょう》八（一五八〇）年に陥落したが、前田利家が金沢に入城したのはその三年後である。

金沢御堂陥落後、前田家が加賀統治を確立していくまでを、郷土史家の屋敷道明《やしきみちあき》氏にお聞きした。屋敷氏は金沢市史専門委員で、金沢市立玉川図書館で市民に古文書を紹介する講座の講師なども務めておられる。

屋敷氏によれば、前田利家の前に、柴田勝家《しばたかついえ》の甥《おい》の佐久間盛政《さくまもりまさ》が金沢にはいって、約三年間支配下においていた。しかし、佐久間盛政が金沢城を建てたのではない。そのときはまだ、残存していた金沢御堂の建物をそのまま居城として使っていたようだ。そして、名前だけは「金沢城」と変えたのである。当時、佐久間盛政はずっと戦《いくさ》に明け暮れていたため、城を拡張したり充実させる余裕もなかったのだろう。それでも、守りを固めるために、ある程度の堀だけはつくっていた。

天正十（一五八二）年に織田信長が本能寺の変で倒れると、羽柴《はしば》（豊臣《とよとみ》）秀吉《ひでよし》と柴田勝家のあいだでの権力争いになり、その翌年、すぐに合戦がはじまった。

前田利家は柴田勝家の与力《よりき》だったので、当初は勝家に味方するものの、すぐに兵を引いて、早くから親しくしていた秀吉に臣従する道を選んだ。秀吉軍の先鋒《せんぽう》として加賀に進攻した利家は、天正十一（一五八三）年四月に佐久間盛政の金沢城を攻めて開城させる。前田家の加賀統治がはじまるのはこの年からだ。

戦国の世の習いで、このように敵も味方もしばしばいれかわる。たとえ権力を握っても、長く保持することはむずかしい。しかし、信長をはじめとして当時の武将たちに共通していたのは、真宗門徒《しんしゅうもんと》に対する敵意だった。それは、彼らがそれだけ一向一揆に苦しめられ、脅威を感じていた、ということの裏返しだともいえるだろう。

一向衆に対する憎悪の大きさを示す例がある。屋敷氏によれば、その当時からずっと、門徒のことが悪いものの代名詞として使われていたらしいという。真宗門徒は念仏を称《とな》えるため、「念仏者《ねんぶつもの》」と呼ばれる。それが訛《なま》って「ネブツモン」になった。屋敷氏は幼いころ、いたずらをすると、祖父や祖母に「このネブツモンが！」といって怒られたそうだ。

つまり、つい最近までそういう言葉がまだ生きていて、使われていたというのである。前田家にすれば、憎んでも憎み足りない一向衆、まさしく悪の代名詞ということで、「ネブツモン」という言葉が城下に定着していたことが想像できる。

しかし一方では、その悪の代名詞だった「ネブツモン」がこの地にはしっかりと根づいている。北陸はいまでも「真宗王国」だ。人間がこころのなかに抱く信仰というものは、政治や権力をもってしても、なかなか消し去ることができない、ということだろう。

前田利家は、心中では真宗門徒を憎んでいたにちがいない。だが、領内の経営面から考えると、真っ向から敵対するのはとても割が合わない話だと思ったのだろう。金沢城に入城して間もなく、門徒たちに対してさまざまな懐柔策《かいじゅうさく》をとりはじめた。

屋敷氏によれば、利家はまず、寺内町《じないまち》と呼ばれていた場所を本町《ほんまち》という名称にした。いわば町に格付けをしたのである。格がいちばんたかいのが本町、その次が七カ所、これは七つ町があったことからこう呼ばれた。さらに寺社門前地、その次が地子町《じしまち》というようにして、歴然とした格差をつけたのだった。

しかも、単に格付けをしただけではない。本町に住む人たちには地子銀《じしぎん》、いまでいう固定資産税を免除するなどして優遇した。そのことによって、利家はかつての寺内町の人たちの歓心を買おうとしたのだろう。

豊臣秀吉も、石山本願寺の寺内町の跡に大坂城をきずき、城下町として町づくりを進めた。その際に、元の寺内町の住民を呼び戻す方策として、同じようなことを行っている。かつての寺内町のにぎわいを支えた商人や職人、生産や流通を担う人たちは、なんら罪をとがめられなかった。それればかりか、税金を安くするなどの利便を与えられた。秀吉はそうすることで、寺内町を巧《たく》みに衣替《ころもが》えして城下町という新しい町づくりをしたのである。その結果、近世における大坂の経済都市としての礎《いしずえ》がきずかれた。

そういうことを行った当時の支配者は、なかなか利口だったと感心させられる。まさに石山で秀吉がやったことと、金沢で利家がやったことは同じだったといえよう。

さらに、利家は金沢城に入城後、城の名前を「尾山城《おやまじょう》」に変えた。金沢御堂は、門徒たちからは御山（尾山）御坊とも呼ばれていた。しかし、佐久間盛政が入城して金沢城という名前に変えた。

それを利家は「尾山城」としたのである。そうすれば、御山がまた復活したということで、門徒たちの前田家に対する印象もずいぶん変わると考えたからだろう。二代目の利長《としなが》のときになって、ようやく「金沢城」に戻したらしい。

前田家も、単純に力で押さえつけただけではなく、真宗門徒への対応にはずいぶん苦労していたことがうかがえる話だ。

「この三カ国は一揆国にて候《そうろう》」

加賀（金沢）藩主となった前田利家は、最後まで抵抗した白山麓の一向一揆衆と戦っている。その際に、門徒たちの信仰のつよさや激しさを肌で感じたにちがいない。なによりも、その残存勢力は恐ろしかっただろう。

そのため、利家は、表面的には門徒たちの信心を尊重するように見せながら、それを骨抜きにする方向に転じていった。利家はその手はじめとして、村の旗頭《はたがしら》となっているような人たちを懐柔するために、藩の官僚の末端機構のなかへ組みいれていったという。まず、村のなかにいる土豪《どごう》といわれる人たちを、「十村《とむら》」に抜擢《ばってき》して任命している。

前田利家像（金沢市・中山家蔵）

当時の農村支配機構は、奉行の下に、百姓身分として、十カ村くらいを一組として管轄する「十村《とむら》」という役を置いていた。その下にあったのが、それぞれの村を管理する「村肝煎《むらきもいり》」という役だ。加賀藩はこの十村制度を整備して、年貢を集める徴税権、警察権、一種の裁判権などまで与えたという。

私は、これは非常に重要なことだと思う。というのは、加賀の人びとは、百年近くつづいた共和国のなかで、彼ら自身が裁判の権利を持ち、税金の管理をし、いろいろなことを自分たちの手でやってきている。いわゆる惣村《そうそん》、講《こう》などさまざまな組織の連合体が存在していて、自主管理ということに関しては、経験を積んでかなり慣れていたといってもいい。

そこに、藩の役人がきて、上から強圧的に「おまえたちはいうとおりにしろ」と命令しても、おそらく反発を招くだけだろう。そこで、前田家では、むしろそれを末端機構のなかに巧みに取りこんでいったのだった。

屋敷氏の説明を聞いて、これはとても賢いやりかただと思った。正直なところ、私は、それまでは前田家を少し見損《みそこ》なっていたところがあった、と反省したほどである。

このようにして、前田家は、村の有力者や豪族たちを十村として取り立てて、村の支配を任せた。その一方、どうにもこうにも押さえつけられない暴れ者や、要注意の者たちに関しては、村から引き離して、泉野《いずみの》の地に移した。現在の泉野町は、寺院が多数集まっている寺町の南側に当たる場所にあり、高級住宅街のようになっている。しかし、かつては開発の後《おく》れた荒地だったらしい。

前田家は、そこを彼らに開墾《かいこん》させたのである。そのとき、新たに開いた土地はすべて自分のものにしていいという条件を特別につけて、移住させたという。また、当時の百姓には、住居の広さなどにまで細かい制約があった。しかし、新しくここにはいってきて開墾した人たちに対しては、例外的にその制約も外した。

現在、泉野付近に広大な土地を所有している資産家が何軒もあるのは、そのためだという。なにからなにまで、百姓としては破格の待遇をあえてすることで、彼らの自尊心をくすぐったのだ。

こうして前田家は、門徒の力を弱めるために、村に根を張っている力のある土豪たちを、同朋《どうぼう》の組織のなかから独立させた。アメとムチを巧みに使い分けて、前田家にとってもっとも恐しかった「ネブツモン」への対策を着実に行ったのだった。

前田家三代目藩主の利常《としつね》が側近たちに話したことを記録した『微妙公夜話《みみょうこうやわ》』という史料がある。そのなかで利常は、「この三カ国は一揆国にて候《そうろう》」と語っているという。

いたのだろう。

三カ国というのは、加賀、能登《のと》、越中《えっちゅう》のことだ。この三つの国は一揆国なのだから、枕をたかくして眠ってはいけない、ということを利常はつねに考え、警戒しつづけていたのだろう。

この利常が実際に行ったことのひとつに、真宗寺院の城下への強制移転がある。村の土豪たちを懐柔するのと並行して、大きな寺院を村からなくしてしまえば、村人たちは信仰の中心を失って孤立する。

利常はまず金沢城下にあった真宗以外の寺を全部、寺町《てらまち》と卯辰山《うたつやま》の近くに移転させた。現在の金沢市中心部の地図を見ると、寺のマークが集中して書かれている場所があるのがわかる。それが、浅野川の北側の卯辰山に近いところと、犀川《さいがわ》の南側で泉野のすぐ隣の寺町の二カ所だ。

それだけの寺を町の外に移してしまう。そして、こんどはその空《あ》いた土地に、能登、加賀にあった真宗寺院を強制的に引っ越しさせた。ふつうは敵対する勢力は遠ざけるのではないか、城下に置くというのは逆ではないかという気もする。しかし、屋敷氏は、利常のねらいは、真宗寺院を村の門徒たちから切り離して、前田家を殿様と仰ぐ町人たちの監視下に置くことにあった、と説明する。

慶長《けいちょう》十九（一六一四）年と翌年の大坂冬の陣、夏の陣で利常は兵を引き連れて大坂へ出陣した。そのときには、真宗寺院に「一揆を起こしません」という証文を差しださせている。その上で、僧たちを人質として金沢城のなかにいれて、軟禁《なんきん》状態にした。藩主の利常にしてみれば、自分が城からでた留守中に、一向一揆衆が攻めてくることは最悪の事態といえる。彼らが金沢城を占領して、万が一にも帰る場所がなくなってしまっては困る。そのため、警戒に警戒して、そこまで対策を打ったのだろう。

「加賀百万石」といわれる前田家も、最初のころは決して磐石《ばんじゃく》というわけではなかったのである。磐石の支配体制が完成したのは、三代目の前田利常が晩年になったころだという。それまで加賀の人びとのなかには、まだ一向一揆の時代の〈記憶〉がずっと生きつづけていたのにちがいない。

真宗の風儀が前田家の家風をつくった

それほどまでに前田家は、真宗門徒や寺院に対するさまざまな対策を講じていたのである。逆に見れば、よくよく加賀の門徒たちの執念というか、信仰心がつよかったということでもあるだろう。

織田軍が一向一揆の最後の残党を退治するときの残酷さというのは、いまだに語り草になっているくらい激しいものだった。しかし、農民や職人や流れ者というような人たちが、それほどの悲惨な目にあっても、自分の信仰というものを守ろうとしたことを思うと、不思議でもあり、また感動的でもある。

いま、日本人は、海外からはエコノミックアニマルだとか、テクノロジーに長《た》けた現実的な国民のように見られている。しかし、『隠れ念仏と隠し念仏』（ちくま文庫）にも書いたように、鹿児島や熊本の「隠れ念仏」の信者たちは、拷問されたり、磔《はりつけ》や打ち首になってもなお、命懸けで自分の信仰を守ろうとした。

武士たちは、いざというときは自ら切腹するという覚悟を持つことを、子供のころからたたきこまれ、心身を鍛えられていただろう。しかし、そうではない農民たち、雑草のように生きていたふつうの人びとが、信仰を貫《つらぬ》いて殉教《じゅんきょう》しているのである。

前田家は、そうしたつよい信仰心を持つ門徒が多い国、加賀を統治することになった。その際、いくら一向一揆を武力で制圧したとしても、門徒の信仰まで奪うことはできない、と見抜いていたのだと思う。

人びとのこころは依然として真宗の信心で満たされている。それなら、真宗の風儀は大事にするという形で、うまく取りこんでいったほうがいい。そう考えて、前田家ではさまざまな懐柔策を行っていったのではないか。

司馬遼太郎氏は、もし前田家でなく、「薩摩《さつま》の島津《しまづ》氏や肥後《ひご》の加藤清正《かとうきよまさ》などが加賀の国持《くにもち》大名になっていたとしたら、だめだったでしょう」と述べているが、私もそのとおりだと思う。

また、前田家は美術工芸を大事にしたといわれるが、そうした美術工芸を支える職人のほとんどが真宗門徒だった。そうした形で門徒たちを大事にしたおかげで、いつしか門徒たちの真宗の風儀が前田家におよび、空威張《からいば》りしない家風ができあがった、とも司馬氏は指摘している。

とにかく、利常《としつね》までの前田家三代の藩主の力で、加賀藩は百万石という全国一の雄藩の土台を築きあげたのだった。

もし前田家が「加賀百万石」を誇ったり、傲慢《ごうまん》になって領内の経営に真剣に取り組まなかったとしたら、どうなっていたか。前田家が目障《めざわ》りな徳川家康の恰好《かっこう》の標的になって、早々に取り潰《つぶ》されていたことだろう。

屋敷氏によれば、事実、前田利常が大坂冬の陣、夏の陣で出陣したとき、家康は利常が大変な活躍をしたといって褒《ほ》めちぎった。そして、その恩賞という口実《こうじつ》で、加賀からの国替えを提案した。四国全土を領地としてあたえるというのだ。四国全土が領土になれば、たしかに前田家にとっては加増になる。

しかし、初代の利家《としいえ》、二代目の利長《としなが》、そして利長の腹違いの弟で三代目を継いだ利常と、三代にわたって、前田家は血のにじむような思いで加賀を経営してきている。その土地を手放すわけにはいかない、という思いが利常にはあった。

そこで、彼は家康の申し出に対して、お言葉はありがたく受け取るが、加賀、越中、能登の地から離れることは、父利家に対しても、兄の利長に対しても顔向けできないことだ、といって断ったという。

このとき、もし利常が毅然《きぜん》とした態度で断らなかったとしたら、前田家は加賀から四国へ国替えになっていたことだろう。その場合には、前田家のその後の運命が大きく変わっていたのは間違いない。

というのは、四国へ移れば禄高《ろくだか》が上がり、新しい家臣を雇うことになる。そうなると新旧の家臣間で抗争が起こりやすい。利常がそれを抑えられなければ、家康は前田家をさっさと取り潰したことだろう。

それにしても、あの時代に加賀一国を一向衆徒が経営するとなれば、赤子《あかご》のように無邪気にやっていては、三日ともたなかったはずだ。御同朋《おんどうぼう》を守り、自分たちの信仰を守っていくために、それこそ必死で考えて頭を悩まし、さまざまな手練手管《てれんてくだ》も使って、そうしてはじめて百年近く継続することができたのではあるまいか。政治とは非情なものだ。

加賀の一向一揆とよく比較されるが、パリのコンミューンなどは一場の夢にすぎなかった。この北陸に百年近くも一種の共和制がつづいたというのは、それほどすごいことだ。そこには、マキアベリズムもあっただろう。スターリンのような人もいただろう。いろいろなことがあっただろう。ともあれ、自治共和国ともいえる民衆の国、階級制で支配されない国がこれほど長くつづいた例は、日本の歴史のなかで前にも後にもない。

一向一揆は「祭政一致」だった

これまで、私は城下町になる前の金沢、「加賀百万石」以前の金沢のすがたを見たいとずっと思ってきた。金沢御堂の周辺で培《つちか》われ、そこを自分たちのこころの拠《よ》りどころとして生き、百年近い自治共和国をつくりあげてきた人びとの気質とか心根《こころね》というようなものは、どのようなものだったのか。それは現在の、あるいは戦後のこの北陸にどんな形で垣間見《かいまみ》られるだろうか。そのことに関心があったのである。

それは、もう完全に、この前田家が支配した二百九十年という歴史のなかで消え去ってしまったのか。さらに、明治維新後の百数十年の時の流れのなかで、すっかり忘れられてしまったのか。

いや、そうではない、という気がする。

少なくともここは「真宗王国」として知られている。そして、金沢も含めてこの北陸地方では、「親鸞聖人《しんらんしょうにん》」という名前よりも、「蓮如《れんにょ》さん」という呼びかたに出会うことが多い。四月の「蓮如忌」に吉崎を訪ねたときも、大勢の人たちが集まってきていて、「蓮如さん、蓮如さん」といっていたのが印象的だった。

金沢の浅野川の川べりの主計町《かずえまち》に、鍋料理「太郎」という店がある。ここは、値段が安くて、料理がうまくて、店の人たちの人情が厚い。そのため、私が三十代で金沢に住んでいたころも、地元では人気のたかい店だった。いまはもう亡くなったその店の老女主人は、独特の金沢弁で、よく昔の話を聞かせてくれたものだった。

彼女はいつもごく自然に「レンニョサン」といっていて、その語調はどことなく、親戚の仲のいい老人のことを喋っているような感じだった。彼女が若いころ、卯辰山《うたつやま》のほうで「蓮如さんのお祭り」がある日は、お手伝いさんも職人も奉公人もみんな休みで、小遣いをもらって無礼講《ぶれいこう》で楽しんだという。

その祭りというのが「蓮如忌」のことなのである。それこそ大変な人出で、水芸人、芝居、サーカスといろいろな見世物小屋がかかり、屋台が軒を連ねて、それは楽しかったという。蓮如が亡くなった日だからといって、襟《えり》を正してしーんとするのではない。飲めや歌えやのにぎやかさだったらしい。

だから、「レンニョサン」という言葉を聞いただけで、ふっと心が弾《はず》むようなうれしさがあった、と彼女は話してくれた。それが印象に残っている。これは、蓮如という人の大きな功徳《くどく》だろう。蓮如は亡くなってから五百年が過ぎたいまもなお、こんなふうに人びとのこころに影響を与えつづけている。やはりすごい人だった、とあらためて感じさせられる。

ちなみに、その鍋料理の「太郎」がある主計町は、一度、町名変更で「尾張町二丁目」という名前に変わっていた。私はそれがとても残念だった。前は風流で情緒のある町名だったのに、と懐かしんでいたものだった。

するとしばらくしてその新町名をふたたび旧町名に戻すことになった。ずいぶん地元の人たちが運動したらしく、全国で旧名回復の第一号だという。

その後、主計町だけでなく、一時は消えてしまっていた「下石引町《しもいしびきまち》」と「飛梅町《とびうめちょう》」という町名も復活した。飛梅も本当にきれいないい名前である。その土地の〈記憶〉を残すという意味でも、昔の町名に戻したことはとてもよかったと思う。

また、屋敷氏の話では、金沢を中心とした近郷《きんごう》では、蓮如の真宗暦というような形で、真宗の年間行事が人びとの生活に密着していたという。つまり、真宗暦をもとにして農作業をはじめたり、休憩を取ったり、祭りをするのである。それが、「真宗王国」のこの地ではそれまで自然に行われていたのだろう。しかし、戦後は、そういうことも次第に少なくなってしまった。

信仰というものは、日常生活のなかでひとつの習慣としてやっているうちに、いつの間にか身体にしみついてくるものだと思う。学んだり、修行するということではなくて、生活そのものの信仰化が大事なのだ。その意味では、一向一揆というのも「祭政一致」のおもしろい形だった、といえるのかもしれない。

いまの日本では、祭政一致というのはよくないこととされている。しかし、たとえば、アメリカ合衆国の大統領就任式では、新大統領が聖書の上に手をのせて誓い、裁判の場では、証言者が聖書に手をのせて、偽りをいわないことを宣誓する。

あれはやはり、背後に神や信仰というものがあっての民主主義であり、国家の運営であり、裁判であり、経済だ、ということだろう。それを象徴する光景なのではなかろうか。

隠された「こころが熱くなる歴史」

かつて金沢の中心には、加賀藩のシンボルである金沢城がそびえていた。金沢城は白壁と鉛瓦《なまりがわら》の城で、周囲には水を満々と湛《たた》えた堀があり、石垣がそびえ、当時は大変な威容《いよう》を誇っていたらしい。

現在、金沢城址と兼六園をへだてている広い道路があるが、ここはその当時、「百間堀《ひやつけんぼり》」と呼ばれる大きな堀だった。この堀をつくったのは佐久間盛政《さくまもりまさ》だが、金沢城を近世的な城郭へと変貌させたのは前田利家だといわれている。利家は本丸の位置を変え、百間堀をさらに拡張して補強したという。

その前田家も、明治四（一八七一）年の廃藩置県《はいはんちけん》によって、およそ二百九十年間支配してきた加賀を離れ、東京へと去っていった。一方、金沢城は、明治維新後もしばらくは旧態をそのまま保っていたそうだ。

しかし、明治八（一八七五）年に城内に第七連隊司令部が設置され、明治十四（一八八一）年に、その第七連隊兵舎からの失火が原因で、金沢城はほぼ焼失してしまった。ちなみに、第九師団が創設されて城内に置かれたのは、その後の明治三十年代のことだ。

平成十三（二〇〇一）年、金沢城址では、金沢大学が移転した跡に、百二十年ぶりに金沢城が復元された。私が訪れたときは、ちょうどその工事が着々と進んでいるところだった。

もちろん、城が復元されることは、それはそれでいいと思う。ただし、本来の金沢のシンボルは金沢城ではなかった。そして、金沢城址のいちばん下のところまで掘れば、金沢御堂というかつてのシンボルだった寺の礎石《そせき》や遺跡がでてくるはずだ。

現在、大阪城の城内には、この城ができる前に石山本願寺があったことを伝える「南無阿弥陀仏《なむあみだぶつ》」という文字が彫られた石碑が建っている。しかし、金沢城の城内には、城の前に金沢御堂があったことを知らせるものはなにもない。あるのは、礎石のような石がたったひとつと「極楽橋《ごくらくばし》」という名称だけだ。

よけいなお節介《せっかい》に聞こえるかもしれないが、市民にとって、自分たちの町の歴史というものを成り立ちから確認するのは大事なことではなかろうか。それを省いて、見た目のいいところからはじめることには、私はどうも物足りなさを感じてしまう。

前田家の何百年の歴史というのはたいしたものだ。金沢城も素晴らしい。そのあいだに培われたさまざまな文化も豊かである。しかし、もうひとつの歴史、打ち倒されて地中に埋められてしまった歴史というものを、きちんと頭のなかで意識することも大切だと思うのである。

伝統と文化の都といわれ、工芸品や兼六園などがもてはやされている現在の金沢。それに対して、百年近くも戦国乱世の時代につづいた「百姓の国」の拠点としての金沢があった。これは、こころが熱くなるような町の歴史ではないか。

ひとつ、屋敷氏にうかがった話で驚いたことがあった。昭和五十七（一九八二）年に金沢では、「金沢四百年祭」という祭典が開催されたという。つまり、これは前田利家が加賀にはいった天正十一（一五八三）年からちょうど四百年目の年ということだ。いいかえれば、一向一揆衆が滅ぼされたときから数えて四百年目を記念するものだったのだ。

その話を聞いて正直なところ、それはあまりにもひどいのではないか、と思った。金沢四百年祭ではなく、金沢五百年祭としてひとつの区切りをつけるならわかる。金沢という町の生い立ちとしては、前田利家が加賀を支配する以前に、さらに百年近い原《げん》金沢の歳月があったのだ。それを意識的に四百年で切ってしまうというのは、どうも解《げ》せないという気がしてならない。

また、毎年六月第一土曜日を中心に三日間、前田利家の金沢入城を祝って「百万石祭り」が催されている。しかし、一向一揆が高尾城で冨樫政親《とがしまさちか》に勝利した日、「百姓

金沢城ができる前に金沢御堂が建っていたことを知らせるものは、この御堂の礎石のような石しかない

ノ持タル国」が誕生した記念日ともいえる六月九日にはなにも行われない。また、そのことを知っている人もほとんどいないだろう。

こんなことをいうのは失礼かもしれないが、そもそも「加賀百万石」といっても、自分が百万石をもらっていたわけではない。ほとんどが納めていた側なのにと思うと、ちょっとくすぐったい感じがしないでもない。

むしろ、その加賀百万石の繁栄は、藩による厳しい収奪に耐えた領民たちの犠牲の上に成り立っていたものだった。そのことがほとんど忘れられているのは不思議でもある。

加賀百万石のイメージの下にある〝もうひとつの金沢〟

現在の金沢は観光都市化して、たくさんの人たちが足を運ぶようになった。また、いろいろな雑誌にも金沢のことが紹介されている。

ただし、そこに表れている金沢のイメージというものは、どこか私の気持ちとは違うところがある。かつて金沢に住んだことがあり、それ以後もかかわりあいを持ちつづけている人間だから、そう思ってしまうのかもしれない。少し面《おも》はゆいような、照れくさいような、そんな感じがすることがある。

マスメディアに紹介される金沢のイメージは、だいたい「加賀百万石の伝統」とか「何百年の歴史を持つ古い町」というものだろう。たしかに、金沢は工芸とか美術にすぐれた伝統を持ち、さらに徳田秋声《とくだしゅうせい》、室生犀星《むろうさいせい》、泉鏡花《いずみきょうか》といったすぐれた作家や詩人も生みだしている。西田幾多郎《にしだきたろう》や鈴木大拙《すずきだいせつ》のような思想家もでている。そのため、とても文化的な町だという印象があるのだと思う。

また、一般の人たちが抱いている金沢のイメージはどうだろうか。九谷焼《くたにやき》、加賀友禅《かがゆうぜん》、漆器《しっき》、酒、和菓子、謡曲など、そういう伝統の深く根づいた町、というイメージもあるだろう。水戸の偕楽園《かいらくえん》、岡山の後楽園とともに、日本三大名園のひとつとされる兼六園を思い浮かべる人もいるだろう。格子戸《こうしど》の町家が軒を連ねる茶屋街の風情《ふぜい》、あるいは市内を流れる犀川《さいがわ》、浅野川《あさのがわ》を挙げる人もいるかもしれない。

しかし、私が金沢に住みながらいつも感じていたのは、金沢は本当に風雅で伝統的な町なのだろうか、ということだった。

そういう面ももちろんあるだろう。しかし、その表面をひと皮剝《む》いてみると、違うものが見えてくる。そこには非常につよい生命力があふれている。質実なものがある。あるいはひと筋に自分たちの思いを貫いていかずにはいられない、という厳しさもある。金沢で暮らしていると、そんなふうにひしひしと感じられたものだった。

じつは、金沢の人たちは、そういうもともとの金沢のすがたの上に一枚、疑似《ぎじ》イメージとでもいうものをかぶせて、世間に対しては見せているのではないか。そうしているうちに、そこに住んでいる人たちも、自分たちが外へ向けていた外面に、知らないうちに同化してしまったのではないか。

世間に流通している疑似イメージを思い切って剝ぎ取ってしまうと、その下にはこれまでとはかなり違った金沢のすがたが見えるのではないか。

そう思いながら、一向一揆をひとつの焦点にして、吉崎を訪ね、高尾城址へ登り、金沢城址にも足を運び、浅野川や卯辰山《うたつやま》やその周辺などもあちこち歩いてみた。そして、たしかに見えてきたものがある。

それは金沢の原像のようなものだ。それが、目の前に少しずつ浮かびあがってきたのである。

『宗教都市と前衛都市』（ちくま文庫）では、「大阪は宗教都市である」というちょっ

昔ながらの格子戸の家がつづく東山の茶屋街

と乱暴だといわれそうな想像を述べた。おおむね日本人は無宗教だといわれ、ふだんは宗教についてあまり意識しない人が多い。しかし、そういう日本人たちのこころの奥深い部分に、大変厳しく、また真摯《しんし》な信仰心がまだ生きている。そのことを、私は大阪という都市でつくづく感じたのだった。

　同じように、「京都は前衛都市である」ということも書いた。

　あの京都駅ビルほど豪快でモダンで前衛的な駅が、日本中のどこにあろうか。あるいは、南禅寺の境内にある赤煉瓦《あかれんが》づくりの疎《そ》水《すい》施設。あれほど大胆なものを明治期につくった京都の人たちの精神を想像してみてほしい。京都というのは千年の前衛都市である。

つまり、一方には常に新しいものを追い求める京都があり、一方には古いものを大事にし、伝統というものを成熟させていく京都がある。このふたつの中心点のあいだを揺れ動いて変化するなかに、じつは京都という都市の真実があるのではないか。

そしていま、私はあえて「金沢は革命都市である」と言ってみたい。

十五世紀末から十六世紀の終わりの戦国乱世の時代、金沢の人びとは、一向一揆という革命的手段によって領主を倒した。そして、日本の歴史のなかでは前代未聞のコンミューンを打ち立てる。それればかりか、百年近くも領主のいない国で自治をつづけた。

その根本には、一向衆と呼ばれた真宗門徒たちがいた。念仏というものを信じ、極楽浄土への往生を願う大勢の人びとがいた。彼らのその気持ちが集まって、それまで例のない一種の共和制が百年近くここに敷かれることになった。それは、金沢という町にとって大きな財産であるとともに、誇りであると思う。

かつて花田清輝《はなだきよてる》が「楕円《だえん》の思想」というものを提唱した。中心がひとつの真円の思想に対して、中心点をふたつ持つというのが楕円の思想である。これには私も学生時代、非常に共鳴した記憶がある。

金沢城をひとつのシンボルとして見て、前田家が支配した二百九十年のあいだに培われた文化を金沢の象徴とするのはかまわない。ただし、片方に大事にそういうものを置いておくとともに、もうひとつのイメージも頭のなかに置いてほしい。

それは、加賀百万石以前、前田家以前の金沢だ。真宗門徒たちの手で、なにもない荒れはてたところにひとつの寺が建立され、寺内町として発展していった信仰の共和国のイメージである。

そのふたつの中心点を持つ楕円のなかで、スイングさせながらひとつの都市や歴史を考える、ということが大事なのではなかろうか。

敷石を剝《は》ぐと、そこに自由の海と輝く大地が

金沢は、ある意味ではとても権威主義的な町でもある。美術や音楽などの嗜好《しこう》に関しても、立派なもの、権威のあるものによわいという風潮がある。あるいは、金沢の人は、どちらかというと高等遊民《こうとうゆうみん》の典型的なタイプとして描かれることが多い。

ただし、そういうオーソドックスなものと同時に、金沢の人、あるいは北陸全体の人びとのこころのなかには、いまも生きつづける反骨《はんこつ》というものがある。これもまた、決して見逃してはならない北陸の大きな精神的な遺産だろうと思う。

卯辰山《うたつやま》を登っていく坂の途中に七体のお地蔵さんがある。これは「七稲地蔵《なないねじぞう》」と呼ばれるもので、それぞれが本物の稲穂を抱いている。これは「卯辰山泣き一揆」の首謀者として処刑された七人の霊を慰めるためにつくられたものだ。

江戸末期の安政《あんせい》五（一八五八）年二月、北陸から飛驒《ひだ》、信濃《しなの》にわたって大地震が起こった。金沢でも地割《じわ》れなどで多くの家屋《かおく》が倒壊《とうかい》した。さらに五月から七月にかけては長雨になり、凶作が予想されたため、米の買い占めが起こって米価が高騰した。

そのなかで七月十一日の夜、卯辰山の頂上に約二千人ともいわれる男女子供が集まった。彼らは金沢城に向かって浅野川越しに大声で「米くれまいやあ！」「食われん！」と叫んだのである。「米くれまいやあ」とは、「米よこせ」という意味だ。

その声は津波のように響きわたり、城にも届いた。そして、この「泣き一揆」が口火を切るかたちで、その後、北陸各地に一揆や打ち壊しが広がっていった。

当時、城を見下げることになるという理由で、庶民が卯辰山に登ることは禁じられていた。結局、この一揆の後、御蔵米五百俵が町方に渡され、町奉行は罷免《ひめん》された。そして、卯辰山に登る禁《きん》を犯《おか》したリーダー格の七人は入牢し、そのうちの五人が打ち首獄門になったという。その処罰された七人が、いまもひっそりと祠《ほこら》に祀《まつ》られている。

このように、権威に屈せず、反骨精神を持ち、自分たちの生活を自分たちで守り、最後のところでいうべきことはきちんと主張する、という人たちが金沢にはいた。そして、自分たちは皆仲間であり同朋であるという意識や感覚が、いまもなお金沢には生きつづけている。金沢とはそういう町だ。

パリで一九六八年に起こった五月革命は、あの時代を代表するひとつの大きな事件だった。たまたまそのときパリにいた私は、美術学校の学生たちに引っぱりこまれて、一種の解放区のようなバリケードのなかで幾夜かを共に過ごした。

そのころ「道路の敷石を剝《は》がせ、その下は砂浜だ」（Sous les pavés, la plage）という反ド・ゴールのコピーが、口から口へ伝えられて、まるで現代詩のような感動を与えていた。もちろん、これは道路の敷石を剝がして投げつけろ、という意味も持っている。それとともに、敷石を剝がせばその下は砂浜であり、海であり、なにか新しいものが見えてくるぞ、というアジテーションでもあった。

そんなことがあって、五月革命の後、フランス政府は、できるだけ敷石の道路をアスファルトに変えるということをした。以前はいたるところ敷石だらけだったパリのセーヌ川左岸も、最近はアスファルトで舗装された道が増えている。

それと同じように、前田家の二百九十年間の金沢のイメージを一枚剝ぐと、そこにはまったく違うなにかが見えてくるのではないか。荒々しいまでの独立心、自尊心、あるいは権力に屈しない反抗心などが、本当はこの風土のなかで、いまもしっかり根づいて生きているのではないか。

私たちは日本をなんとなく知っているつもりでいる。しかし、日本の歴史とか文化をこれまでさかんに論じながら、じつは一枚の〝敷石〟も剝がしてこなかったのではないか。

そういう反省が、私のなかにもある。

金沢で、足元の〝敷石〟を見つめ直してみた。それを一枚剝がしてみると、そこには砂浜があり、自由の海があり、輝く台地があるのだ、と思う。

第二部　〝風の王国〟の世界

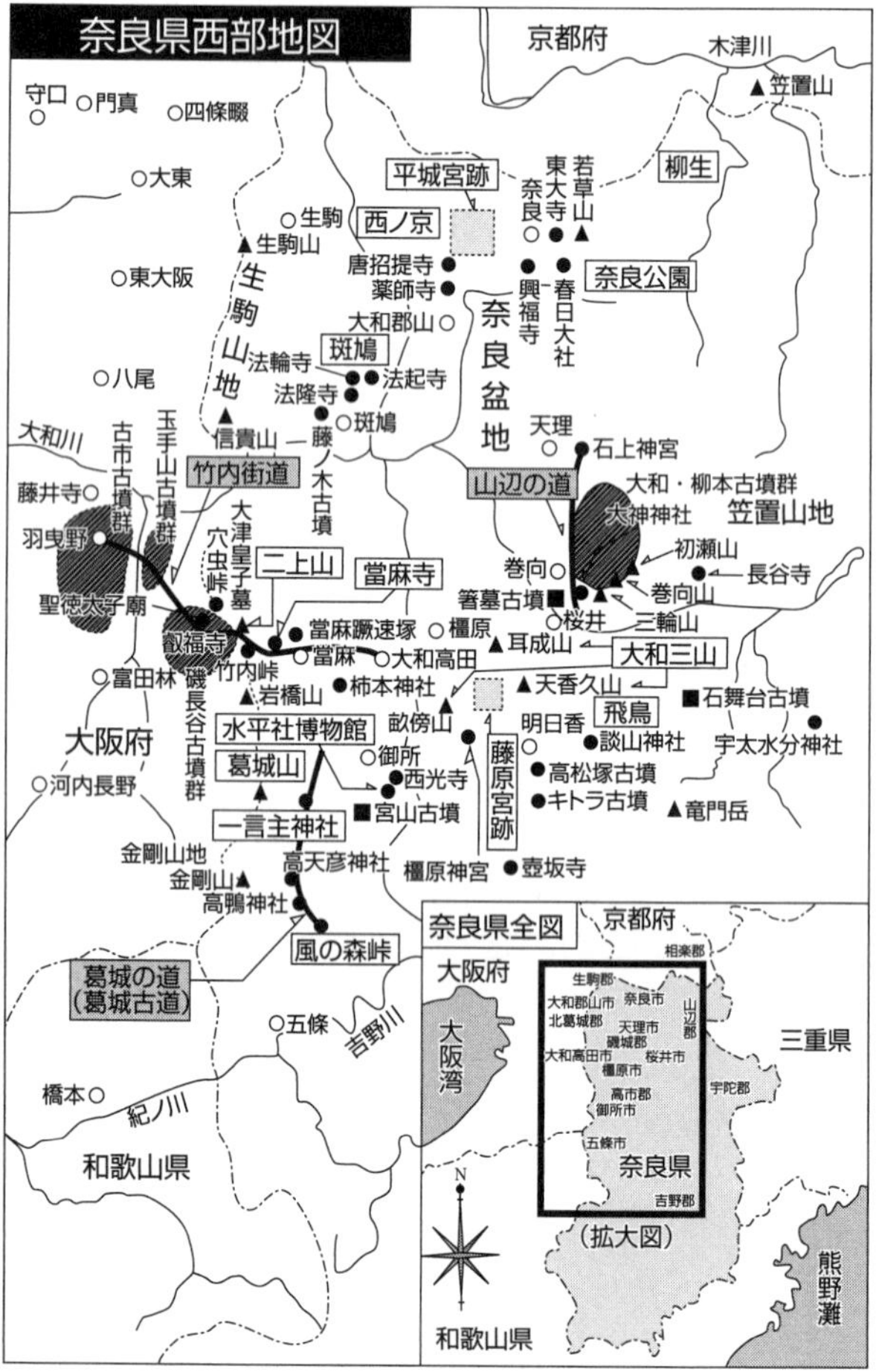
奈良県西部地図
京都府
木津川
笠置山
守口
門真
四條畷
大東
平城宮跡
柳生
若草山
東大寺
奈良
西ノ京
生駒
生駒山
唐招提寺
薬師寺
興福寺
春日大社
奈良公園
東大阪
生駒山地
大和郡山
奈良盆地
斑鳩
法輪寺
法起寺
八尾
法隆寺
斑鳩
天理
藤ノ木古墳
信貴山
大和川
古市古墳群
玉手山古墳群
石上神宮
竹内街道
山辺の道
大和・柳本古墳群
藤井寺
大神神社
笠置山地
羽曳野
大津皇子墓
穴虫峠
二上山
當麻寺
初瀬山
巻向
長谷寺
聖徳太子廟
箸墓古墳
桜井
巻向山
三輪山
叡福寺
當麻蹶速塚
橿原
耳成山
當麻
大和高田
大和三山
竹内峠
富田林
磯長谷古墳群
岩橋山
柿本神社
天香久山
石舞台古墳
飛鳥
畝傍山
大阪府
水平社博物館
明日香
談山神社
宇太水分神社
藤原宮跡
御所
葛城山
西光寺
高松塚古墳
河内長野
キトラ古墳
宮山古墳
竜門岳
一言主神社
金剛山地
高天彦神社
橿原神宮
壺坂寺
金剛山
高鴨神社
風の森峠
葛城の道
(葛城古道)
五條
吉野川
橋本
紀ノ川
和歌山県
奈良県全図
京都府
相楽郡
大阪府
生駒郡
大和郡山市
奈良市
北葛城郡
山辺郡
天理市
磯城郡
三重県
大阪湾
大和高田市
桜井市
橿原市
宇陀郡
高市郡
御所市
五條市
奈良県
吉野郡
N
(拡大図)
熊野灘
和歌山県

聖と俗が交錯する大和の闇

二上山《にじょうさん》の向こう側にあった死者の国

奈良盆地内のどこからでも西の方角に見える山、それが二上山《にじょうさん》だ。日が落ちて空が朱《あけ》に染まるころ、隆起《りゅうき》するふたつの峰《みね》のシルエットが黒々と浮かびあがる。二上山の雄岳《おだけ》と雌岳《めだけ》である。

二上山の北には信貴山《しぎさん》、生駒山《いこまやま》がある。南にかけては、葛城山《かつらぎさん》、金剛山《こんごうさん》と山系が延びている。この山々は奈良と大阪の境界をなしている。その先には風の森峠という峠がある。

次第に闇のなかに沈んでいく二上山のシルエットを見つめていると、私の目の前には、幻《まぼろし》のようにぼんやりと、ある光景が浮かびあがってくる。それは、飛鳥《あすか》時代の貴人の葬儀の行列のようだ。

当時、権力者たちの多くが、飛鳥の都からは遠く離れた二上山を越え、その西側の河内《かわち》にある墳墓《ふんぼ》群に埋葬された。そこには、敏達《びだつ》天皇、用明《ようめい》天皇、推古《すいこ》天皇、孝徳《こうとく》天皇などの天皇をはじめ、聖徳太子《しょうとくたいし》、蘇我馬子《そがのうまこ》などが眠っている。遺体《いたい》を納めた棺《かん》は、すぐに埋葬されるのではない。その前に「殯宮《もがりのみや》」で儀式が行われる。それが終わると、二上山の南側の竹内街道《たけのうちかいどう》をとおり、竹内峠を越えて、大和から河内へと運ばれていく。人びとの挽歌《ばんか》をうたう声や泣き声や嘆きの声のなかを、その長い葬列は静かに進む。葬列が向かう先には二上山がある。彼らにとって、二上山の向こう側は死者の国だった。大和側から落日の二上山を眺めるときの古代人の畏《おそ》れとおののきは、私たちにははかりしれないほどだったにちがいない。

さらに、私の脳裏には、この二上山も含めた葛城一帯にまつわる人びと——恵心僧都《えしんそうず》源信《げんしん》、大津皇子《おおつのみこ》、役行者小角《えんのぎょうじゃおづぬ》、さらには日本の先住民ともいえる「土蜘蛛《つちぐも》」と呼ばれた部族の人びとのすがたが、次々に浮かんでは消えていく。

『古事記』と『日本書紀』に次の有名な歌がある。

「倭《やまと》は国のまほろば　たたなづく青垣　山こもれる倭《やまと》し美《うるわ》し」

これは、東国に遠征した日本武尊《やまとたけるのみこと》（倭建命）が、その帰り道の伊勢でうたったものだ。彼はそこで重い病にかかって亡くなる。そのとき、ふるさとの倭（大和）をこう回想したのである。「大和」というのは、奈良県の昔の国名だ。

この歌の意味は「倭はいちばんすばらしい国。幾重にも重なって、青々とした垣をなす山々、その山々に囲み抱かれている倭は、なんと美しい国だろう」ということだ。その「たたなづ（ず）く青垣」の大和は、多くの人が知っているだろう。しかし、これとは対照的にもうひとつの大和、光が当たらない大和もある。その見えない「影」の部分は、ほとんど知られていないのではないか。

かつて私は、大和の二上山と葛城の道（葛城古道）を舞台に『風の王国』という伝奇小説を書いた。ある意味で、この小説は大和の「影」の面を知りたいという自分の思いや、隠されたものへの関心からスタートしたともいっていい。

ちょうど、五十歳になるかならないかのころに、私は二度目の休筆をした。その期

古代人たちは二上山をこの世とあの世の境と考えていた

間中、不思議な縁で奈良地方に通う日々がつづいた。そのとき、二上山と竹内街道を知り、葛城・金剛の山系を歩き、風の森峠と出会ったのである。

大和・河内は移動放浪の民の闇の王国だった。彼らは「サンカ」と呼ばれ、歴史の表面から埋没させせられてきた移動民、回遊民である。彼らのことを調べていくうちに、私は次第に歴史の闇のなかにのめりこんでいった。すると、明るい光に彩《いろど》られた「うまし大和」に対して、深い闇のなかでうごめく「あやし大和」の世界が少しずつ浮かびあがってきたのだった。

やがて、私の妄想はふくらみ、封印されていたものが解き放たれたかのように、物語が動きはじめた。舞台は大和の二上山から葛城、金剛の一帯。自分でいうのは気恥ずかしいが、夢中になって書いたのを思い出す。

物語のヒロインは「葛城哀《かつらぎあい》」と名づけた。

その『風の王国』にも書いたように、大和には「光と影」がある。朝日さす東の山《やま》辺《のべ》の道があれば、夕日沈む西の葛城の道がある。東の三輪山《みわやま》が朝日さす神の山なら、西の二上山は日の沈む浄土の山だ。「大和三山」として知られる畝傍山《うねびやま》、耳成山《みみなしやま》、天香久山《あまのかぐやま》に対して、西には葛城山、金剛山、二上山というもうひとつの大和三山がある。

そして、かつて大和の中心的存在だった三輪山に象徴される日出《ひいづ》る側の大和は、〝神の国〟である。西の二上山に象徴される日没《ひぼっ》する側の大和は、〝仏の国〟という感じもある。前者は、日が沈むということを人が死んでいくことと結びつけ、「ケガレ」であり、恐ろしいものとして考える。後者は、美しく朱に染まった西の空のかなたに輝きに満ちた浄土があり、人は死ぬとそこへ旅立つと考える。このふたつの感性はかなり違うのではなかろうか。

その相反《あいはん》するふたつの考えかたが、この大和を中心にした地域にくっきりと影を投げかけているようにも私には感じられるのだ。

大和ではそのふたつの感性がせめぎあって、「光の大和」と「影の大和」をなしている。「光」と「影」では、私たちの価値観はつねに「光」のほうにあるといってもいい。しかし、私はあえてその「影」の部分、「あやし大和」のほうに焦点を当ててみたいと思う。

大和について私たちが知っている歴史は、為政者《いせいしゃ》の側から書かれた歴史だ。当時の支配者や権力者たちの興亡《こうぼう》をひとつの歴史として、私たちは学校で教えられてきた。

しかし、ごく少数の支配者や権力者に対して、当然のことながら、その他大勢の人たち、名もなき民衆も同時代にそこで生きている。ただし、そういう人たちの側から大和を見ることは、意外なほど少ない。私は、そういう忘れられた人びとのため息やルサンチマンを、大和の「光」よりも「影」を、自分なりに思い描いてみたいという気がするのだ。

大和を歩いた先人たち

私がはじめて斑鳩《いかるが》の法隆寺を訪れたのは、二十年くらい前だっただろうか。そのとき案内してくださったのは、斑鳩の誓興寺《せいこうじ》という真宗寺院の住職である太田信隆《おおたしんりゅう》氏だった。

太田氏にうかがった話で意外だったのは、かつての法隆寺は閑散として人影もまばらだった、ということだ。斑鳩に生まれ育った太田氏は、子供のころは、法隆寺の境内で野球ごっこをして遊んでいたほどだという。

もちろん、現在の斑鳩は大和の観光のメッカである。聖徳太子ゆかりの寺として知られる法隆寺には、団体客が群れをなして押しよせている。最古の木造建築として、日本初の世界遺産にも登録された。その法隆寺が閑散としていたとはとても信じられない。

もちろん、斑鳩には法隆寺以外にもたくさんの古い寺がある。とくに法隆寺、法輪《ほうりん》寺《じ》、法起寺《ほうきじ》の塔は「斑鳩三塔」といわれている。昔から、斑鳩を訪れる人びとは、この三つの塔を見るのを楽しみにしていたという。

法輪寺は、聖徳太子の子である山背大兄王《やましろのおおえのおう》が創建した寺で、三井寺《みいでら》とも呼ばれている。この三井寺という名や、この一帯の地名にもなっている「三井」とは、聖徳太子が掘ったといわれる三つの井戸に由来するそうだ。そのひとつが三井寺にある。

この井戸はいまも水をたたえている。目をひかれるのは、側壁や枠などが木ではなく、石を積んでつくられていることだ。しかも、その石の組みかたには、どことなくエキゾチックなものや、不思議なデザイン感覚というものがある。

聖徳太子が自らこの場所を選んで、人びとに井戸を掘らせたのだろうか、などと想像すると、一気に古代へタイムスリップするような気がしてくる。

この斑鳩やその周辺には、明治以来、たくさんの人たちが訪れては、いろいろなことを思い、いろいろなものを書いている。会津八一《あいづやいち》、亀井勝一郎《かめいかついちろう》、高浜虚子《たかはまきよし》、正岡子規《まさおかしき》、そして和辻哲郎《わつじてつろう》、また岡倉天心《おかくらてんしん》やフェノロサ、その他の芸術家たちの名前も浮かんでくる。

会津八一は、大和の古寺をめぐって、美術研究のかたわら、たくさんの短歌を詠《よ》んだ。斑鳩には、あちこちに会津八一の足跡が残っていて、石碑に彼の歌が刻まれている。

亀井勝一郎が書いた『大和古寺風物誌』は、法隆寺や法輪寺など、主に斑鳩の古寺《こじ》遍歴《へんれき》の随想を集めたものだ。これも、多くの人びとに読まれつづけている。

高浜虚子は、菜の花が一面に咲く季節にここを訪れて『斑鳩物語』を書いた。作者自身と思われる主人公が泊まった旅館は「大黒屋《だいこくや》」という。私がはじめて斑鳩を訪れたところ、太田氏が住職を務める誓興寺の台所の窓からは、いまにも崩れ落ちそうな「大黒屋」の旧館のすがたが見えたものだ。いま、その旧館は取り壊されてしまっているが、大黒屋としての営業はつづいている。

正岡子規の「柿くへば鐘が鳴るなり法隆寺」の句を知らない人は、まずいないだろう。太田氏によれば、ひと昔前まで法隆寺の近くに住む人びとは時計など見ず、腕時計もせずに、寺の鐘の音のリズムで生活していたという。

明治十七(一八八四)年、東京大学で政治学や哲学を教えていたアメリカ人、アーネスト・F・フェノロサは、岡倉天心らとともに法隆寺を訪れた。日本の古美術に興味を持っていたフェノロサは、日本政府に文化財の保存を訴えていて、古社寺の宝物調査を政府に委嘱《いしょく》されたのだった。

このとき、フェノロサは、夢殿《ゆめどの》の秘仏である救世《くせ》観音像《かんのんぞう》を見せてほしいと要請した。この像は鎌倉時代にはすでに秘仏になっていたらしく、以後、七百年あまりのあいだ、誰ひとりとして見た者はいなかった。それを、ついに彼が寺僧を説得して強引に厨子《ずし》の扉を開けさせ、像を幾重にも巻いていた白い布を取り除いた話は有名だ。

こんなふうに、いろいろな人たちの足跡が、短歌や俳句やエッセイや小説などにさまざまな言葉になって残っているということは、大和の大きな財産だろうと思う。

「昼は人がつくり、夜は神々がつくった」

斑鳩の里を散策していると、一方には、光のなかで見る昼の大和、絵に描いたような大和がある。そしてもう一方には、古代から政治、経済、宗教、さまざまなものの混沌《こんとん》としたエネルギーや、相剋《そうこく》の渦《うず》のなかにある大和がある。そんなふうに感じられる。

はじめて訪れたとき、太田氏に「大和の闇は深いでしょう」といわれたことを思い出す。夜が更けてきて「大和の闇は深い」とたしかに感じた。それは、大和を舞台にしたさまざまな悲劇や歴史的なクーデターのことが、私の頭の片隅にあったからかもしれない。

これまでは大和の光の面だけが強調されつづけてきた。そして、美化されつづけてきた気がする。しかし、光の濃さは闇の深さに照りかえされているともいえるのではないか。

そんなことを考えながら、斑鳩を散策して夕陽を眺めているうちに、少しお腹がすいてきた。そこで団子でも食べようと、法隆寺の参道の茶店が並ぶあたりへいってみた。すると、まだ夕方なのに、ものの見事にすべての店が閉まっていた。

日本全国をほっつき歩いて、フーテンの寅さんのような暮らしをしている私の経験からいうと、日本でいちばん夜が早いのは、島根の松江と奈良ではないかと思う。松江も、有名な酒場が夜八時に閉まるというので知られるが、奈良も夜が早い。そして暗い。

東京や大阪の中心部では、深夜でも営業している店が多く、明け方まで街に人波が絶えることがない。たしかに私たちはいま、「明るい」ということを文化が進んでいることと結びつけて考えているのではなかろうか。

しかし、いまは反時代的なものが新しいともいえる時代だ。そう考えると、この大和の漆黒《しっこく》の闇、ぬばたまの闇というのは、むしろ貴重なものかもしれない。そして、その闇の濃さには、古代からの長い歴史のなかでくりひろげられてきた人間の暗部、根につながるようなものが感じられる。

太田氏によれば、大和は夜の行事が多いという。初詣《はつもうで》、若草山の山焼き、春日大社の万灯籠《まんとうろう》、「お水取り」の名で有名な東大寺二月堂修二会《しゅにえ》、興福寺の薪能《たきぎのう》、観月会《かんげつえ》、猿沢池の采女《うねめ》祭《まつ》り、など、これらはすべて、夕方から夜にかけての行事である。

また、三輪山の麓《ふもと》にあるJR桜井線巻向《まきむく》駅の近くに、長さが約二百八十メートルもある巨大な「箸墓《はしはか》」古墳がある。これは、私が好きな古墳のひとつだ。この古墳は、発音がむずかしいのだが、倭迹迹日百襲姫命《やまとととひももそひめのみこと》の墓といわれ、俗に「卑弥呼《ひみこ》の墓」とも呼ばれている。そして、『日本書紀』には次のような不思議な話が伝えられている。

崇神《すじん》天皇の時代、倭迹迹日百襲姫命《やまとととひももそひめのみこと》は大物主神《おおものぬしのかみ》の妻となった。しかし、夫がやって来るのは夜だけで、昼間は顔を合わせたことがないのをいぶかしく思っていた。そこで、朝日のなかで顔を見せてほしいと懇願すると、大物主神は承諾した。ただし、姿を見ても驚かないと約束してほしいと大物主神はいい、彼女は約束した。

翌朝、倭迹迹日百襲姫命がそこに見たのは美しい白蛇だった。彼女は思わず驚いて悲鳴をあげてしまう。大物主神はたちまち人の姿に変身すると、「よくも恥をかかせたな」といって三輪山に消えてしまった。

そのとき倭迹迹日百襲姫命はよろめいて転倒し、その拍子に箸が陰部に突きささって死んでしまった。彼女の墓を箸墓と呼ぶのはそのためだという。

『日本書紀』は、なんとも奇妙なこの物語の最後を「この墓は、昼間は人がつくり、夜は神々がつくったといわれている」と結んでいる。これほど大きな古墳は決して人の力ではつくれない、夜に神々がつくったのだ、と古代人たちは想像したのだろう。

彼らにとって、夜や闇というものは、非常に恐ろしい存在だったのではなかろうか。

そして、その夜が持っている悪意やある種の恐ろしさを克服するために、人びとは明かりをつけ、松明《たいまつ》を燃やし、光をかざすのではないか。いまなおつづいている大和のさまざまな夜の行事には、そんな意味が感じられる。

生の世界と死の世界をわける結界《けっかい》

大和路の「光」の部分といえば、有名な東の山辺の道である。それに対して「影」の部分は、西の葛城の道だ。

地名や山名としての「葛城」の読みかたは、現在は「カツラギ」である。だが、文献によれば古くは「カヅラキ」だったそうだ。また、古い史料には「葛木」と書かれていることもある。そして、かつては現在の二上山から葛城山、金剛山と連なる山並み全体を総称して、「葛城山」と呼んでいたらしい。

小高い山裾の葛城の道は「葛城古道」とも呼ばれ、竹内街道から南に向かい、風の森峠へと通じている。その先はもう五條市・吉野川だ。神話の世界を歩く道ともいわれ、一言主《ひとことぬし》神社や鴨都波《かもつわ》神社、高鴨《たかがも》神社など、古い社格のたかい神社がつづく。

私は、この風の森峠という名前が好きだ。『風の王国』という小説の題名も、じつは風の森峠へいったときに頭に浮かんだものである。残念ながら、いまは商業施設などができていて、「風の森」というロマンチックな名前が想像させる風情《ふぜい》はなくなっている。

ところで、この葛城一帯は、古代には葛城族という豪族のほか、鴨《かも》族あるいは賀茂《かも》族ともいわれる豪族が住んでいた地域だった。彼らは葛城山麓に天皇家と拮抗《きっこう》するほどの文明を築いていた、という説がある。この一帯からは、巨大な館跡や神殿跡と考えられる遺跡の発見が相次いでいる。しかも、いずれも当時の鉄製造の拠点地域だった。つまり、大和王権とは明らかに一定の距離をおく〝葛城王朝〟の世界があったらしいのだ。

しかし、葛城山麓で栄えたこの一族も、次第に勢力を失っていく。そして、のちに大きな勢力を持つようになる蘇我《そが》氏などの豪族は、自分たちの祖を葛城族だと主張するようになる。その真偽はともかくとして、葛城族の本流は滅び去ってわからなくなっている。かつて栄華を誇り、滅びていった文明がここにあったと想像すると、葛城一帯の闇もまた濃い、という気がしてくる。

二上山は雄岳と雌岳がある双峰の山で、古くは「フタカミヤマ」と呼ばれていた。大和側から見ると、二上山のふたつの峰のあいだに日が沈む。古代人がこの山を神聖な山、神の山として崇《あが》めたというのは、その夕陽があまりにも荘厳で美しいからだろう。

『風の王国』を書くために、私は二上山の周辺をさんざん歩きまわり、何度も登った。晴れた気持ちのいい日、雨が降っている日、霧がかかっている日、そして、たそがれどき、夜明けというように、少しでも条件が違うと、まるで違った山の姿に見える。

二上山はそんな不思議な山だ。

じつは、私はこの山をひそかに「あやしふたかみ」と呼んでいる。冗談ではなく、あるとき二上山に登って悪天候のなかで遭難しかけたこともあった。実際のたかさは五百数十メートル程度の山なのだが、よく道に迷ってしまう。その上、谷間から霧がでてきたりして登りづらい。五分ごとに刻々と表情が変わるのだ。

二千年くらい前の奈良盆地は、一面に水がはいりこんでいる沼地だったらしい。そのなかに火を噴く山があった。もともと二上山は火山だったのである。いまは死火山だが、かつては火山活動がさかんに行われて、そこから噴きだす岩や砂や溶岩が、少しずつ谷間や沼地を埋めていった。そして、岬ができ、台地ができ、というふうにして、いまの大和の地ができた。

そのため、いまでも二上山からは有名なサヌカイト（讃岐岩《さぬきがん》）という黒くて硬い石をはじめ、凝灰岩《ぎょうかいがん》などいろいろな石が採れる。畿内の各地に、ここから採れたサヌカイトでつくられたさまざまな石器が分布している。

古墳時代には、松香石《しょうこうせき》と呼ばれる加工しやすい凝灰岩がここから大量に切りだされて、さまざまな古墳の建造に使われた。前述した箸墓に使われている石も、ここから

『風の王国』の舞台となった葛城の道を歩く

大勢の人を並ばせてリレー式で運ばせたと伝えられている。また、法隆寺の基壇《きだん》にも、二上山から切りだした石が使われているそうだ。

金剛山《こんごうさん》、葛城山《かつらぎさん》、二上山《にじょうさん》からさらに北の信貴山《しぎさん》、生駒山系《いこまやま》へと連なる屏風《びょうぶ》のように大きな山系。この山系は、単に河内と大和をへだてる地形上の区切りではなく、ふたつの世界の境界になっているという気がしてならない。

そのなかでも、古代人たちはとくに二上山を、この世とあの世の境の山、生の世界と死の世界とをわける結界《けっかい》だと考えていた。二上山の彼方《かなた》に日が沈むのを見て、彼らはそこに西方浄土《さいほうじょうど》というものを連想したのだった。

二上山の西側は「王陵《おうりょう》の谷」とも呼ばれる密集した古墳地帯になっている。ここには、大小合わせて約二千三百くらいの古墳があると聞いたこともある。つまり、大和の側で生き、亡くなった人たちを河内の側へ送りだす、その境目としてこの葛城山系、二上山の存在があったのだろう。二上山は死者の国の「奥津城《おくつき》」、つまり墓所の西の扉だったといってもいい。

さらに、二上山の山頂には、反逆者の汚名を着せられて、二十四歳の若さで亡くなった悲劇の皇子、大津皇子《おおつのみこ》が葬られている。大津皇子の墓は大和側に、つまり飛鳥の都に対して、背中を向けて建てられている。この事実は、いったいなにを物語っているのだろうか。それについては、またあとで考えてみたいと思う。

底辺の民衆に支持されつづけてきた寺

二上山の南側には、都の東西最大の幹線道路である「横大路《よこおおじ》」の西の延長部分に当たる竹内街道がはしっている。横大路は、『日本書紀』の推古二十一（六一三）年に「難波《なには》より京《みやこ》に至るまでに大道《おほち》を置く」と書かれていて、推古天皇の時代にはじめて官道として整備された。つまり、日本でもっとも古い国道だといえるだろう。

当時、遣隋使や遣唐使は飛鳥の都から横大路、竹内街道を通って難波へ向かい、船で瀬戸内海を抜けて大陸を目指した。逆に、渡来人たちも竹内街道から横大路を通って飛鳥へやってきた。飛鳥はシルクロードの最終地点である。このルートを通じて大陸からさまざまな新しい文化や技術が流入してきたのだった。

その河内から大和へ向かう人びとにとって、竹内峠を越えたところにある大和側の最初の要衝の地が、二上山の麓《ふもと》の町、當麻《たいま》である。

当麻という地名は「深浅《たぎたぎ》し」という言葉に由来するという。これは、でこぼこして歩きにくい、泥水がたまって歩きにくい、という意味を含むらしい。その「深浅し」から「タギマ」と呼ばれ、それが當麻になったといわれている。おそらく、このあたりは昔から大変な難コースだったのだろう。

この當麻にはちょっと不思議な寺がある。正式な名前は「禅林寺《ぜんりんじ》」だが、一般には「當麻寺《たいまでら》」でとおっている。二上山の東の麓のかなりたかい位置にあるため、寺の門のあたりから眺める二上山は、ぐっと手前に迫って見える。

私は、日本の寺を結構いろいろあちこち訪ね歩いているが、この寺にはなにか独特の雰囲気がある。韓国の慶州《キョンジュ》あたりにある寺と共通する印象も受ける。石でつくられている基壇が、日本の寺ではあまり見られないほどたかい。まるで、石組みの上に木造のお堂が乗っているような感じなのだ。

また、高野山《こうやさん》や比叡山《ひえいざん》の寺は、朝廷が創建してその後もずっとスポンサーになっている。それに対して、當麻寺は當麻氏という豪族の氏寺である。その後もいろいろな変遷はあったものの、基本的には葛城や二上山も含めて、この一帯に住む人びとの熱心な帰依《きえ》によって支えられてきた。その点も非常におもしろいと思う。

當麻寺には東西ふたつの三重塔がある。創建当時の塔が両方とも残っているのは、この當麻寺だけだという。薬師寺の双塔も有名だが、創建当時のものは東塔だけで、西塔は昭和五十六（一九八一）年に再建されたものだ。この東西の塔も當麻寺の魅力のひとつだろう。

さらにおもしろいことに、當麻寺はもともとは三論宗《さんろんしゅう》の寺だったのだが、現在は真《しん》言宗《ごんしゅう》と浄土宗《じょうどしゅう》が〝同居〟している。これも他にはあまり例を見ない。

三論宗は、奈良時代に南都六宗《なんとろくしゅう》のひとつとして広まった。それが、真言宗の開祖である空海（弘法大師）がこの寺に来ていわゆる「當麻曼荼羅《たいままんだら》」を拝して以来、真言宗に転じたと伝えられている。

そして鎌倉時代以降、その當麻曼荼羅に代表される中将姫《ちゅうじょうひめ》伝説が浄土信仰と結びついたことで、浄土宗がはいってきた。それ以後、この寺には現在までずっと、浄土宗と真言宗が共存するという特殊な形がつづいている。

驚くのはそれだけではない。奥のほうへいくと、赤い鳥居《とりい》が目にはいる。赤い鳥居といえばすぐに「お稲荷《いなり》さん」を連想するのだが、案の定、お稲荷さんの像がある。さらには、「大和の七福神の霊場」と書かれた案内板も見える、といった具合なのだ。

當麻寺のなかには密教系の信仰、浄土系の信仰、稲荷神社信仰、七福神信仰……と、さまざまな神仏への信仰が共存しているのである。

近代というひとつの流れにおいては、ヨーロッパのキリスト教的一神教や一神教的な文化が、あたかもグローバル・スタンダードのようになっている。そのなかでは信仰が交ざり合ったりすることを神仏習合《しんぶつしゅうごう》といい、シンクレティズム（混淆《こんこう》主義）とかアニミズム（精霊主義）とかいう表現を用いて、非常に低く見られてきた。そのことは『隠れ念仏と隠し念仏』（ちくま文庫）でも書いている。

それに対して、日本人はシンクレティズムにもアニミズムにも寛容だ。仏壇と神棚が同じ家のなかにある。寺では合掌し、神社では柏手《かしわで》を打つという人が少なくない。

そのなかで、浄土真宗というのは、日本の仏教では珍しいある種の「一神教」的な側面をもっている。しかし、それはいわば「選択的な一神教」である。キリスト教やイスラム教のような原理主義的な一神教とは違う。つまり、八百万《やおよろず》の神々とかいろいろな仏などをすべて理解して、そういうものの存在も認める。その上で自分たちは「弥陀一仏《みだいちぶつ》」、つまり、阿弥陀如来を選んで帰依する、というのが浄土真宗の考えかただからだ。

厳格な一神教というと、タリバンのイスラム原理主義勢力がバーミヤン石窟《せっくつ》群の大仏立像を破壊した、という一件を思い出す人もいるだろう。あの事件は国際的にも大きな話題になった。また、ある意味では、イスラム教への誤解や非難も招くことになった。たしかにイスラム教は厳格な一神主義だ。しかし、本来は他宗や異教に対して寛容であることが、イスラム教でも大事な思想だという。

二十一世紀は、民族と宗教の対立が大きな衝突をもたらす、という見かたが多い。だが、その一方で、これからはいろいろな宗教が互いにトレランス、つまり、寛容ということを考えていかざるをえないのではないか、という気がしないでもない。「十字軍」はもう通用しないのだ。

自分の信仰はしっかりと守る。その上で、他の人びとの思想や信仰というものも、それはそれとして認めて排撃しない。異質なものに対して攻撃的にならない。こういうことが、今後はもっと大事になっていくだろうと思うのだ。

こう考えると、當麻寺のように真言宗あり、浄土宗あり、稲荷信仰あり、七福神あり、と仲良く共存している状態はむしろ興味ぶかい。これを単純に、宗教としては原初的な未開の状態である、とはいえないのではないか。

当麻寺はその意味でもおもしろいし、その「俗っぽい」ところが特徴でもある。「俗」という言葉を、いつのころからか日本人は卑《いや》しむようになってきた。しかし、昔の「通俗科学読本《とくほん》」などを思い出しても、かつての「通俗」という言葉には、決して物事を低く見たり、軽蔑するような要素はなかったと私は思っている。

字も読めず、むずかしい理屈もわからないが、ひたすらになにか帰依《きえ》するものを求めている人たち。その縁なき衆生《しゆじよう》たちにむけて語りかけようとした鎌倉時代のさまざまな宗教者たち。浄土宗の法然《ほうねん》、浄土真宗の親鸞《しんらん》、日蓮宗の日蓮《にちれん》、時宗《じしゆう》の一遍《いっぺん》など、そうした鎌倉仏教の始祖たちの姿勢に、私は深く共感せずにはいられない。

朝廷など特定の権力に依存することで、品良くやっていくのがいいのか。それとも、特定の権力には依存せず、民衆の寺として多角経営で庶民からお賽銭《さいせん》を集めて、俗っぽくやっていくのがいいのか。私は、やはり後者のほうが気持ちがいい。

現在の當麻寺は、この葛城という土地で独特の地位を占めている。ここには中将姫《ちゆうじようひめ》というヒロインの伝説があり、あるいは當麻曼荼羅《たいままんだら》の絵解《えと》きがあり、「お練《ね》り」と呼ばれる練り供養があり、さらには牡丹《ぼたん》の花でも有名だ。

ある意味ではエンターテインメントのショーである「お練り」。そして、牡丹の花見客も集めるという俗っぽさ。そのなかで権力にすり寄らずに自立して、底辺の民衆に支持されながら長い年月を生きてきたというところに、この當麻寺独特のおもしろさがある。

中将姫《ちゅうじょうひめ》は〝大和のモナ・リザ〟

さて、當麻寺を語るのに欠かせないものが「曼荼羅」である。法隆寺などに比べて、それほど知名度がたかくはない當麻寺で、當麻曼荼羅とそれにまつわる中将姫伝説が、一般にはもっとも有名だといえる。

當麻寺の本堂は「曼荼羅堂《まんだらどう》」と呼ばれ、その正面の厨子《ずし》のなかに當麻曼荼羅が祀《まつ》られている。これは、縦横がそれぞれ四メートル近くもある巨大なものだ。原本は傷《いた》みがはげしく、現在かけられているのは、十六世紀初頭に写本された「文亀《ぶんき》曼荼羅図」と呼ばれるものである。

當麻寺に古くから伝えられてきた伝承によれば、この曼荼羅は、天平宝字《てんぴょうほうじ》七（七六三）年、中将姫という女性が仏を深く信仰し、その願いによって、観音菩薩が蓮糸《はすいと》を使って一夜にして織ったものだという。

極楽浄土が見事に描かれた曼荼羅という織物が當麻寺に存在していた。しかし、いつ誰が織ったのか、その由来がなぜかまったくわからない。おそらく曼荼羅を見て感激した信仰心の篤《あつ》い人びとが、こういう伝説や中将姫という女性をつくりあげていったのだろう。

曼荼羅の原本を調査したところ、実際には蓮糸で織られたものではなく、金糸をまじえた上等の絹糸の綴織《つづれおり》だった。それでも、人びとがこの曼荼羅と中将姫の物語に託してきた思いというものは、少しも変わるものではないと思う。

伝説では、中将姫は十六歳で出家して、二十九歳で浄土へ往生した。そのとき、あたりには紫の雲が満ち、なんともいえない香りが漂い、妙《たえ》なる音楽が響きわたった。そして、雲間から一条の光がさし、阿弥陀如来《あみだにょらい》をはじめ諸仏諸菩薩《しょぶつしょぼさつ》がすがたを現したという。

当時、社会的にも宗教的にも差別されていた女性たちは、「女人成仏《にょにんじょうぶつ》の先達《せんだつ》」として中将姫を支持するようになっていった。さらに、世阿弥《ぜあみ》の謡曲で多くの人びとに知られるようになり、近世には近松門左衛門《ちかまつもんざえもん》が浄瑠璃《じょうるり》や歌舞伎に脚色した。

〝大和のモナ・リザ〞中将姫像（撮影　武田憲久）

このようにして當麻寺と中将姫との結びつきはさらに深まっていった。説教から芸能へと発展して、浄土信仰と結びついた形で庶民に大変もてはやされるようになる、というのもおもしろい。

當麻寺の本堂には、その中将姫の像もある。若い清楚な女性が袈裟《けさ》を身につけ、手には数珠《じゅず》を持ち、合掌しているすがたの座像だ。

この像にはなんともいえない不思議な魅力がある。初めてその表情を見たときの印象というのは、いまでも忘れることができない。かすかに開いた唇といい、半眼というか、ちょっと細めるようにした目といい、ほのかに赤らんだ目もといい、まるで生きているかのようななまなましさがある。

瞳がいくぶん中央に寄り気味になっているのも、謎めいた、なんとなくミステリアスな雰囲気を感じさせるのかもしれない。こんな言葉は場違いかもしれないが、その恍惚《こうこつ》の表情からはセクシーな感じさえ受ける。

私はそのときはっとして、これは〝大和のモナ・リザ〟だと思った。

フェノロサは、秘仏だった法隆寺の夢殿の救世《くせ》観音像《かんのんぞう》を見たとき、その美しさを「ダ・ヴィンチのモナ・リザの微笑に似ている」と表現したそうだ。和辻哲郎《わつじてつろう》の『古寺巡礼』のなかに、そのエピソードが紹介されている。

ただし、和辻哲郎は、救世観音像の表情にあるものはモナ・リザの微笑とは性質が違う、とフェノロサの意見には否定的だった。私もそう思う。それよりも、この當麻寺の中将姫像の微笑みこそ、モナ・リザにたとえるのがふさわしい。以来、私はひそかにこの中将姫像を〝大和のモナ・リザ〟と呼んでいる。

當麻《たいま》の地は日本の芸能の原点

人びとは死後の極楽浄土への往生をつよく願っていた。しかし、どんなに説教の上手な僧侶であっても、極楽浄土の素晴らしさを言葉で表現するのはむずかしい。そこで、誰でも目で見てわかるように、極楽浄土のすがたを図柄にあらわした曼荼羅などがつくられた。それを「絵解《えと》き」しながら、拝《おが》んでもらうのである。

その説教は、ありがたい話であると同時に素晴らしい名調子、素晴らしい美声で行われたにちがいない。ときには聞いている人たちの胸を躍らせ、ときには笑わせ、ときにはしんみりさせる。感極まって涙ぐむ人もいたかもしれない。

その絵解きをする僧侶が若くて素敵だと評判になれば、きっと遠くからも大勢の人たちがつめかけてきたことだろう。おそらくそれは、キムタクとか、いまのアイドルに憧れるファンの心理と共通するものだと思う。

私は、當麻寺の住職の松村實秀《まつむらじつしゆう》氏に、何度か絵解きを実演していただく機会があった。松村氏は曼荼羅の図柄を細い棹《さお》でさし示す。そして、中央には阿弥陀如来、左右には観音菩薩と勢至菩薩《せいしぼさつ》、膝元には三十四尊の菩薩がいて阿弥陀如来のお話を聞いている、という極楽浄土のありさまが、独特の節まわしでいきいきと語られていく。

いまは、この世に極楽があまりに多すぎる。そのため、当時の人びとがなぜそれほどまでに極楽浄土を希求したのか、ということがピンとこないかもしれない。しかし、この世では地獄のような暮らしをしていても、あの世では極楽浄土へいきたい、光り輝く浄土に迎えられたいということは、彼らにとっては切実な願望だった。

そのため、當麻寺へいけば曼荼羅に描かれた極楽を生きながら拝むことができる、ということが庶民の信仰を集めたのだ。曼荼羅の絵解きに感激して涙を流した人びとは、喜んでお布施《ふせ》をして當麻寺を支えてきたにちがいない。そのことを、私たちは、現代人の感覚で判断してはまずいと思う。

文献などを見ると、絵解きというのはインドに起こり、中央アジア・中国をへて日本にも伝わり、さらに独自の展開をしたものだという。もともとは宗教的背景をもったストーリーのある絵画の内容や思想を、当意即妙《とういそくみよう》に説き語ることが絵解きだった。

それが、鎌倉時代になると、宗教的なものから急速に芸能化が進み、「話芸」という特質を持つようになる。つまり、絵解きは、浄瑠璃や浪花節《なにわぶし》や講談や落語や漫才、あるいはドラマや小説などの原形ともいえるものだ。芸能の原点、ルーツといってもいいだろう。

実際に、曼荼羅を見ながら、メリハリのついた名調子を聞いていると、こうして宗教が大衆化し、「芸能」というものが生まれたということが実感できる。

この絵解きで思い出したのが、イタリアのアッシジにある聖フランシスコ教会を訪れたとき、壁にずらっと並べられていた絵だった。ジョットーという画家の描いたフレスコ画で、大変美しいものだ。それには、聖フランシスコの生涯のさまざまな場面、たとえば、小鳥たちも彼の説教に聞きいったというエピソードなどが描かれていた。

文字が読める人がわずかだったあの時代、教会に集まってくる信者たちはその絵を見て楽しんだ。同時に、聖フランシスコのさまざまな物語に感激したのだろう。洋の

極楽浄土を図柄にした曼荼羅の前で絵解きがはじまった

東西を問わず、そうやって庶民にわかりやすく信仰を伝えようとしたのだ。しかも、美術的にもたかい価値を持っている。それはじつに素晴らしいことだと思う。

さらに、絵という目で見るものだけではなく、耳から聞くものとして「説教」がある。親が子供を叱るときにするのも説教だが、尊い仏の教えをわかりやすく人びとに説いて聞かせることも、説教である。素晴らしい美声と名調子で行われる説教を聞くことは、善男善女《ぜんなんぜんによ》の楽しみのひとつだったことだろう。

芸能の原点には、このように宗教というものがある。一方、スポーツも神前に自分たちの喜びや感謝を捧《ささ》げたことが起源になっている。オリンピックもそうだし、相撲《すもう》も神への奉納相撲からはじまっている。

當麻寺の近くには、じつはその相撲の発祥の地とされる場所がある。『古事記』と『日本書紀』には、相撲の起源がこんなふうに書かれている。

垂仁《すいにん》天皇の時代、大和の當麻《たいま》邑《むら》（村）に、恐ろしく力のつよい當麻蹶速《たいまのけはや》という男がいた。彼はつねに人びとに、世の中に自分ほどつよい男はいない、一度でいいから命がけの勝負をやってみたい、とうそぶいていた。

それを聞いた垂仁天皇が、當麻蹶速を倒せる者を探させると、出雲国《いずものくに》（現・島根県）に野見宿禰《のみのすくね》という者がいた。さっそく、天皇は人を遣《つか》わして野見宿禰を呼びよせて、當麻蹶速と相撲を取らせた。勝負はあっけなく決して、野見宿禰は當麻蹶速を倒す。さらに、あばら骨と腰の骨を踏みくだいて絶命させてしまったという。

この話にでてくる野見宿禰というのは、おそらくプロレスラーのような格闘技の専門家だったのだろう。もともと東北アジアでは相撲という格闘技は、葬礼や死者の鎮魂に関わるものらしい。この神話も、本来は葬礼についての物語だったとも考えられている。

いずれにしても、當麻の地は日本の芸能の原点でもあり、相撲というスポーツの原点でもあるわけだ。その意味でも當麻はユニークな場所だと思う。

源信《げんしん》が考えた極楽往生の方法

もうひとつ、當麻寺でよく知られているのが、毎年五月十四日に行われる練供養《ねりくよう》である。俗に「當麻のお練り」といわれているが、正式には「二十五菩《ぼ》薩来迎会《さつらいごうえ》」という。

この日は近郊の農家の人びとも仕事を休む。境内は大勢の見物客で埋まり、テレビ局の取材がはいったりして、華やかなエンターテインメントという雰囲気になるらしい。

練供養の当日だけは、本堂が「極楽堂」と呼ばれる。そこから娑婆堂《しゃばどう》までを「来迎橋《らいごうばし》」という板橋をかけてつなぐ。そして、楽人たちの音楽と僧侶たちの読経《どきょう》の声のなかで、二十五菩薩のすがたに仮装した人たちが来迎するのである。

菩薩に扮《ふん》した人たちは、身体をねじるようにして極楽堂から娑婆堂まで練り歩く。彼らは娑婆堂に着くと中将姫の像を蓮台《れんだい》のうえに載せ、往きと同様に身をねじりながら、ふたたび極楽堂へと帰っていく。

その極楽堂の背後には二上山がそびえている。中将姫が二十五菩薩に迎えられて、極楽浄土をあらわす極楽堂にたどりつくころになると、ちょうど二上山に夕陽が沈みかける。そのため、金色の太陽が後光となって輝く。集まった人びとは二十五菩薩の来迎のすがたを拝み、二上山の落日を眺め、その向こうにある極楽浄土を想像して法悦《ほうえつ》に浸るのだ。

この練供養は、『往生要集《おうじようようしゆう》』を書いたことで知られる恵心僧都源信《えしんそうずげんしん》が、極楽や弥陀来迎《みだらいごう》のありさまを視覚化するためにはじめた「迎講《ごうこう》」というものが起源だ、といわれている。

源信は、身分の上下などを問わず、すべての人びとと手を携《たずさ》えて浄土へ往生しようと願った。その彼が、念仏による極楽往生の方法を示したのが『往生要集』である。源信はその意味で日本の浄土教の原点ともいうべき人であり、法然、親鸞と連なる念仏者の系譜の先駆者ともいえるだろう。

私が〝日《ひ》没《ぼっ》する〟側の大和——二上山、葛城山、金剛山のほうに関心を抱くのは、この一帯からはおもしろい人やユニークな人がたくさんでているということもある。源信も天慶《てんぎょう》五（九四二）年に大和国葛城下郡《かつらぎのしものこおり》當麻郷《たいまごう》で生まれている。葛城下郡は、現在の奈良県大和高田市と北葛城郡にわたる地域に当たる。

源信の生誕の地とされているところから當麻寺へつづく道は、二上山がもっともよく見える場所だという。つまり、源信は幼いころから、二上山に夕陽が沈むのを眺めながら育ったのだ。信心ぶかい母と姉に連れられて、當麻寺にもしばしば詣《もう》でたにちがいない。

そして、十五歳くらいのときに出家して、比叡山の横川《よかわ》にはいる。横川は、平安から鎌倉時代にかけての比叡山の学問の中心だった。当時、比叡山で修行をしようと思う人は、ほとんどが横川に集まったという。源信ののちにでた法然も親鸞も道元も日蓮も、みな横川とのかかわりを持っている。

基本的に、源信の信仰とは、阿弥陀如来を信じて念仏することによって、人は臨《りん》終《じゅう》をとげるときに浄土へ往生することができる、ということだ。生きているあいだはともかくとして、死んだときには必ず阿弥陀如来という仏の胸に抱かれて極楽に往生できる。その浄土信仰のさきがけだといっていいだろう。

ただし、ふだんからきちんとした信心を決定《けつじょう》した人もいれば、迷いながら、ときどきは念仏を称《とな》えたり、あるいは信心がぐらついたりする人もいる。信心などには全然関心がなく、悪事を重ねているような人もいる。

源信は、臨終のしかたには「上品《じょうぼん》」「中品《ちゅうぼん》」「下品《げぼん》」のそれぞれが「上・中・下」に分かれた九段階のランクがあるとしている。しかし、そのランクにかかわらず、どんな人であっても往生はできるという。臨終のときにきちんと念仏を称《とな》え、阿弥陀如来に帰依すれば、必ず救ってもらえると源信は考えていた。

法然、親鸞につながる「悪人正機《あくにんしょうき》」という思想、つまり悪人でも往生できると考えた先駆者も、この源信だといえるのではあるまいか。これは、その当時の人びとにとっては、大きな救済となった言葉だったにちがいない。

人びとの往生を願うこころの強さ

當麻寺の寺宝にもうひとつおもしろいものがある。「山越阿弥陀図《やまごえあみだず》」だ。この絵には、阿弥陀如来が、蓮台を持つ観音菩薩と合掌する勢至菩薩を従えて、西方の山のあいだから半身をのぞかせているすがたが描かれている。

一般に「山越阿弥陀図」とか「山越来迎図《やまごえらいごうず》」といわれるものは、阿弥陀如来が山を越えて、往生する人を迎えにこられる、という信仰をあらわしたものだ。ふつうはインドの山とか想像上の山が背後にある。その山に雲がたなびくなかを、さまざまな菩薩を従えて阿弥陀如来が来迎するという図柄だ。これは、浄土信仰の非常に原初的なイメージを絵にしたものだといえるだろう。

當麻寺の「山越阿弥陀図」は、黒々としたふたつの山のV字型の谷間から、巨大な阿弥陀如来がぬっと上半身を現している図柄である。ここでは、阿弥陀如来が越えてくる山が二上山であることが、はっきりと画面に定着させられている。そのふたつの山の形が鮮烈なイメージとなって迫ってくる。

源信は當麻で生まれ育ち、幼いころからずっと二上山の落日を眺めてきた。おそらく彼は、輝ける西方浄土と二上山の荘厳な落日のイメージとを重ねて、この「山越阿弥陀図」の構図を考えたのだろう。

さらに當麻寺の「山越阿弥陀図」には大きな特徴がある。阿弥陀如来と観音菩薩と勢至菩薩の下に、ふつうは見られない空海と聖徳太子のすがたまでが描かれているのだ。つまり、一枚の絵のなかに、浄土宗、真言宗、さらには後述する聖徳太子信仰、あるいは太子信仰といわれるものが混入しているわけで、大変珍しいものだという。ここにも當麻寺の複雑な信仰形態がよくあらわれている。

源信の『往生要集《おうじょうようしゅう》』にはこう書かれている。極楽往生するためには、臨終のときが近づいたら北枕にして、聖衆来迎《しょうじゅらいごう》を迎えるため顔を西のほうに向け、阿弥陀如来像の手に五色《ごしき》の糸を結びつけて、その端を手で持って念仏するように、というのだ。源信自身も、枕元の阿弥陀如来像に糸をつけ、その端を握って念仏を称《とな》えながら亡くなった。『往生要集《おうじょうようしゅう》』は当時の貴族や教養人に広く読まれた。彼らは浄土への往生を願って、源信の言葉を信じて実行した。たとえば、藤原道長《ふじわらのみちなが》なども『往生要集』を毎日のように読み、往生の際は、やはり阿弥陀如来像から引いた糸を握って、念仏を称えたという。

しかし、私が驚いたのは、住職の松村氏にうかがった「来迎の弥陀」の話だった。當麻寺の本堂の正面には、厨子のなかに曼荼羅が掲《かか》げられ、その左横に阿弥陀如来立像がある。檜材《ひのきざい》の寄木造《よせぎづく》りで、たかさは約二メートルもある大きなものだ。

松村氏によると、この像は内側が空洞になっていて、昔は人が内部にはいったらしいという。光背《こうはい》を取り外すと、背中の部分に別材がはめこまれていて、そこを開けると像のなかにはいれるというのである。もちろん、いまはそういうことはしていない。阿弥陀如来像のなかに人がはいるという話は、いままで聞いたことがなかった。よほど信仰心の篤い人が、もうこの世はこれまでと覚悟を定めて、この像のなかにはいったのだろうか。もちろん、相当な覚悟がなければできなかったはずだ。

しかし、自分の寿命はもう長くはないと悟ったときに、阿弥陀如来像のなかにはいる。すると、いま自分は弥陀の体内にはいって抱かれている、一体になっていると感じることができたのではないか。それは、苦しみよりも、ある種の恍惚感かもしれない。そのとき、その人はエクスタシーさえ感じられたかもしれない。

現代医療では、死んでいく人に対して、さまざまな薬や装置を使って延命ということが行われる。しかし、こんなふうに像のなかにはいって、いっさい延命処置をせずに三日くらい飲まず食わずでいればどうだろう。おそらく枯れるようにして死んでいくだろう。

こういう形での来迎に、学術的な裏づけがあるのかどうかは私にはわからない。しかし、この當麻寺だけにその話が信じられるのだ。

そして、そういう珍しい、特異な伝承がずっと伝えられてきた背景には、人びとの浄土への憧れや往生を願うこころがあった。それがいかにつよいものだったかということを、あらためて感じずにはいられない。

葛城《かつらぎ》のスーパースターだった役行者《えんのぎょうじゃ》

當麻寺にはもうひとり、私が以前から興味を持っている人物がいる。修験道《しゅげんどう》の開祖として知られ、「役行者《えんのぎょうじゃ》」と呼ばれる役小角《えんのおづぬ》だ。當麻はもともとは役小角の領地で、彼が寄進した土地に當麻寺は創建された、とも伝えられている。

何年か前に當麻寺を訪れたときには、金堂の片隅のほとんど目立たないところに、この役小角の像はあった。失礼ながら、そのときの印象は、すっかり忘れられて埃《ほこり》をかぶっていたような感じだった。しかし、いまは本堂に祀《まつ》られていて、なかなかの存在感がある。

松村氏によれば、修験道界では役行者の没後千三百年に当たる平成十二（二〇〇〇）年六月七日に、御遠忌《ごおんき》のさまざまな法要が行われた。そのため、役小角が一躍脚光を浴びて、當麻寺でも金堂の隅から本堂に移して祀ったのだという。

葛城の山中で修行をして不思議な力を身につけ、鬼神を使役し、空を飛び、海の上を歩いたといわれる役小角。いわば葛城を代表するスーパースターである。体制の外で生きたこのアウトローに私は共感するところがあって、昔から好きだった。最近、また注目されるようになり、千三百年ぶりに復活して、表情までいきいきしているような役小角像と當麻寺で対面できたのは、なんとなくうれしかった。

この謎の人物については、後世にさまざまな伝説がつくられ、語り伝えられている。しかし、正史に見える記録は少ない。わずかに『続日本紀《しょくにほんぎ》』の文武《もんむ》三（六九九）年五月二十四日の条に、役小角を伊豆大島に配流《はいる》した、ということが書かれている記事のみだ。

それによると、役小角は葛木（葛城）山に住み、呪術にすぐれて有名だった。韓国《からくにの》連広足《むらじひろたり》がその門下生となったが、師の有能なのをねたんで、役小角は呪術で人を惑《まど》わしていると告げ口した。そのため、役小角は伊豆大島に流された。また、役小角は鬼神を使役し、呪術で縛りあげることができた、と世間ではいい伝えられているという。

その後、弘仁《こうにん》年間（八一〇～八二四）に成立した『日本霊異記《にほんりょういき》』では「役優婆塞《えのうばそく》」の名で取りあげられている。優婆塞《うばそく》というのは、在家の男性の仏教信者のことを示す言葉だ。同書では役小角の生涯について、およそ次のように紹介している。

役小角の生家は賀茂氏に仕える賀茂役君《かものえのきみ》といい、のちに高賀茂《たかかも》氏を名乗った。彼は大和国葛木上郡茅原村《かつらきのかみのこおりちはらむら》（現・奈良県御所《ごせ》市）で生まれ、仙人になりたいと念じて、四十歳あまりで岩屋にはいった。葛を衣とし、松を食べ、苛酷な修行をして仙術を身につけた。

彼は鬼神を自由に使役することができた。あるとき多くの鬼神を集めて、大和国の金峯山《きんぷせん》（吉野郡の山上《さんじょう》ヶ岳から吉野山までの総称）と葛木山《かつらぎさん》に橋をかけろと命じたという。鬼神たちは困った。そこで葛木峯の一言主神《ひとことぬしのかみ》が一計を案じて、役小角は国家を乱そうとしている、と朝廷にウソの報告をした。

それを聞いて天皇は役小角を逮捕するように命じた。しかし、彼の呪術のために捕らえることができない。ついに策略を用いて役小角の母親を捕らえた。母思いの役小

修験道の祖・役行者像（當麻寺蔵）

角は、母を許してもらうために自ら出頭して捕らえられ、伊豆大島へ流された。

しかし、伊豆でも、役小角は夜になると空を飛んで富士山へ修行にいったりしていた。そして、三年後に許されると、仙人と化して天に飛び去った。役小角をおとしいれた一言主神は、彼の呪術で呪縛され、いまも解放されずにいる。

以上が『日本霊異記』に紹介されている内容で、ここでは朝廷に告げ口をしたのが韓国連広足ではなく、一言主神に変わっている。いずれにしても、このころから役小角の修行や呪術や遍歴が人びとの関心をひくようになって、伝説化されていったらしい。

そのなかでもおもしろいのは、役小角が身につけた呪術には、かなり道教的な要素が含まれていたことだ。彼が使ったとされる呪術は、「鬼《き》門遁甲《もんとんこう》」や「役使《えきし》鬼術《きじゅつ》」という道教系のものだという。

私は道教には以前から興味があった。縁あって、道教研究の第一人者である福永光司《ふくながみつじ》氏から道教についてお話をうかがったり、著書を読ませていただいている。福永氏によれば、もともと日本の仏教は朝鮮半島を経由した中国仏教でさまざまな面で道教とまじり合い、習合していた。そのため、渡来の信仰として日本に仏教がはいって来たときには、仏教と道教とがはっきりと区別できないような面もあったらしい。

当時、畿内地方には朝鮮半島の百済《ひゃくさい》(くだら)から渡ってきた多数の帰化人が住んでいた。彼らは、仏教や道教や神仙道や陰陽道《おんみょうどう》、あるいは薬や医法などの知識を日本へ持ちこんだ。そして、その技術によって大和朝廷や有力豪族に仕えていた。役小角《えんのおづぬ》に限らず、大陸から伝来したそうした新しい知識に関心を持つ人はかなりいただろう。なかには、役小角のように山中にこもって修行し、仙人になることを目指した人もいたにちがいない。

二上山、葛城山、金剛山と連なる山系を眺めていると、その山中を鳥のように疾駆《しっく》する役小角の面影《おもかげ》が浮かんでくる。役小角に関する伝説は各地にある。それは、おそらく何人もの「役小角」、つまり、山中に住むあやしい者、修験者たちが存在していたのだろう。各地で目撃された彼らの物語が、役小角というひとりのヒーロー、権力に従わないアウトローの伝説としてひとつに集約されていった。そういうことだったのではあるまいか。

役小角のように大和の影の部分に生きた人たち。そのすがたを掘り起こしていくと、絵はがきのように平板な大和ではなく、もっといきいきとしてダイナミックな大和の魅力というものが、浮かびあがってくる気がする。

大和をめぐる謎《なぞ》

古代の天皇は「神のごとき人」だった

大和は、『古事記』や『日本書紀』に登場するさまざまな神話の舞台でもある。そして、記紀に登場する神々や天皇のエピソードのなかには、おもしろいものや不思議なものもあり、意外に知られていないものもある。

役小角《えんのおづぬ》にまつわる伝説で、彼をおとしめたといわれるのが、葛城山《かつらぎさん》の一言主神《ひとことぬしのかみ》という神だ。現在、奈良県御所《ごせ》市の葛城山麓にこの一言主神を祀《まつ》った一言主神社がある。

地元の人たちからは「いちごんじんさん」とか「いちごんさん」と呼ばれている。

ところで、この一言主神社にもおもしろい伝承がある。『古事記』の雄略《ゆうりゃく》天皇の条を見ると、天皇と一言主神との出会いがこんなふうに書かれている。

あるとき雄略天皇は、おそろいの衣服を着た大勢のお供の官人たちを連れて葛城山に登った。すると向こう側からも、まったく同じ行列と衣服で山に登ってくる人びとがいた。

驚いた天皇が使者を送り、何者か名乗れというと、向こうからもまったく同じ言葉をかえしてきた。怒った天皇が弓に矢をつがえ、官人たちもそうすると、向こうの人びともまったく同じことをする。

そこで、天皇がふたたび相手の名前を問うと、「それなら先に名乗りをしよう。私は悪事《まがごと》も一言、善事《よごと》も一言、言い離つ神、葛城の一言主大神だ」という答えがあった。それを聞いた天皇は「畏《おそ》れ多いことです。大神が現実のお姿をお持ちとは存じませんでした」といい、かしこまって弓矢や装束を献じたという。

ただし、『日本書紀』では『古事記』の記述とは少し違っている。天皇が名前をたずねると一言主神は「吾は現人神《あらひとがみ》だ。そちらから名乗るのが礼儀だろう」と答えた。

一言主神を祀る一言主神社

そして、互いに名乗りあって終日狩りを楽しんだ。その光景を見た人びとは口々に「神と対等のおつきあいをするとは、なんと偉大な天皇であることか」といったという。

いずれにしてもこの物語でおもろしいのは、「天皇」と「神」との関係だ。「天皇」という言葉が日本でいつ使われはじめたか、ということには諸説がある。前述した道教の専門家である福永氏のお話では、「天皇」という称号自体が、じつは道教から来ている言葉だそうだ。

「天皇」という称号が使われる前は、「王」という字を書いて「オオキミ」と呼ばれていた。『万葉集』に柿本人麻呂《かきのもとのひとまろ》の「大君《おおきみ》は神にしませば天雲《あまくも》の雷《いかずち》のうへに廬《いお》りせるかも」（巻三・二三五）という歌があるが、この「大君」も天皇を意味している。「天皇」という言葉の前は、「王」「大王」「皇」と書いて「オオキミ」と読んでいた。

ただし、日本をひとつの国家として形成していこうとするときに、「王」という漢字では具合が悪い。あたかも中国の皇帝から任命された辺地の王のように見えてしまう。中国の皇帝とも対等、あるいは対等以上にやっていけるような名前が必要だ。この国に君臨する者の新しい名前を考えなければいけない。おそらく、そういうことになったのだろう。

福永氏によれば、「天皇」というのは、道教の重要な神で北極星を神格化した「天《てん》皇大帝《こうたいてい》」からきた称号だそうだ。この言葉が短くなって「天皇《てんこう》」になり、のちに「テンノウ」と呼ばれるようになったらしい。

また、天武《てんむ》天皇が定めた「八色《やくさ》の姓《かばね》」という制度の八種類の称号のトップは「真《ま》人《ひと》」だ。じつはこの言葉も、「天皇」という言葉とセットになって、道教の神学教理のなかでは重要な概念だという。その道教の言葉である「真人」が、天皇家の人びとにのみ与えられる「姓《かばね》」とされていたのである。

そう考えると、古代の天皇というのは、人のなかでも最高の人とされる「真人」、「神のごとき人」だったのだと思う。しかし、それはあくまでも「神」ではなく「人」である。

ところが、この一言主神は雄略天皇に対して、自分は「現人神《あらひとがみ》」だと名乗っている。これは、神が人のすがたに化身してこの世に現れたということで、「人のごとき神」だということになる。あくまでも「人」ではなく「神」である。

『古事記』では、雄略天皇は「神のごとき人」であっても、「人のごとき神」である一言主神に対しては、かしこまって頭を下げざるをえなかった。つまり、古代における天皇は「神のごとき人」だった。

ところが、次第に天皇を神と同格化するようになり、やがては、戦争中に私たちが教えられたように、天皇は「現人神」だ、天皇は神である、ということになっていく。それが、天皇制の昭和までの歴史だったのではないかと思う。

戦後、天皇は「人間宣言」をして現人神であることを否定した。これは、もう一度古代の天皇に戻ろうとしたということだったのではないか。どうもそんな気がしてならない。

仁徳天皇も嫉妬ぶかい妻に手を焼いた

一言主神社の境内には、『万葉集』の歌を彫った石碑がある。その碑に歌の説明が書かれていて、「葛城襲津彦《かつらぎのそつひこ》」という名前が見える。

〈葛木の其津彦《そつひこ》真弓荒木にも憑《たの》めや君がわが名告《の》りけむ　万葉集　巻第十一

一言主神のいます葛城の山の東麓は、葛城氏の本拠地であった。襲津彦は四世紀末前後に活躍した武将で、葛城氏の祖と仰がれている。葛城の襲津彦の強弓の荒木にも頼むではないが、信頼してあなたは私の名を人に明かしたのでしょうか……という。

善悪を一言で言い放つという一言主神の信仰と襲津彦の頼もしい伝承とが生きている葛城の地のおとめの歌である。〉

葛城襲津彦は、葛城山に栄えた葛城族の血筋を引く竹内《たけうちの》（武内）宿禰《すくね》の息子で、仁《にん》徳《とく》天皇の妃の磐之《いわの》姫《ひめ》の父でもある。襲津彦は、この歌にもあるように強弓の誉れたかい武将だったらしい。そして、襲津彦が活躍した四、五世紀ごろ、葛城氏の勢力は大変なものだったといわれている。

御所《ごせ》市の室《むろ》というところに「宮山古墳」、地元では「室《むろ》の大墓《おおばか》」と呼ばれる古墳がある。これは、五世紀前半につくられた全長約二百四十メートルもある巨大な前方後円墳だ。その大きさは、東の山辺の道のほうにある崇《す》神《じん》天皇陵にも匹敵する。

私は十数年前に、考古学、古代史の専門家である網干善教《あぼしよしのり》氏に案内していただいて、大和の遺跡を歩くという貴重な機会を持つことができた。網干氏は、あの高松塚古墳で彩色壁画を発掘したことでも知られている。

そのとき「室の大墓」も訪れたのだが、なんともいえない不思議な感動をおぼえた。

ここに誰が埋葬されたのかはわかっていない。地元では、竹内宿禰《たけうちのすくね》の墓だとも、葛《かつら》城襲津彦《ぎのそつひこ》の墓だともいい伝えられている。天皇家の陵墓にも見劣りしない巨大な古墳をつくれるほどの権力を、当時の葛城氏は握っていたというのだ。大和朝廷が基盤をかため、豪族たちを臣従させたのちも、葛城氏から多くの皇后がでているのは、そのためだという。

この襲津彦の娘の磐之姫《いわのひめ》も、仁徳天皇の妃になっている。そして、記紀によれば、この磐之姫は大変なやきもち焼きだったそうだ。私は、磐之姫こそ、日本の古代史における嫉妬ぶかい女性のナンバーワンではないか、と思っている。

仁徳天皇といえば、高殿《たかどの》から国見をして、民の竈《かまど》から煙が立たないのを見て、三年間も租税を免除したという話で有名だ。ところが、この「有徳《ゆうとく》の天皇」として知られる仁徳天皇も、嫉妬ぶかい妻には手を焼いていたらしい。

あるとき磐之姫は、自分の留守中に夫の仁徳天皇が、別の女性を宮中に招きいれて関係を結んだことを知る。磐之姫は怒って天皇のもとへは帰らず、山城の筒城宮《つつきのみや》という場所にこもってしまう。そして、天皇が迎えにいっても、どうしても会おうとはしなかった。

『古事記』は、磐之姫の嫉妬ぶりを「足もあがかに嫉妬《ねた》みたまひき」、つまり「足をバタバタさせるほど嫉妬した」と非常にリアルに描写している。

当時、君主は王室の繁栄のために多くの妻を持ち、たくさんの子孫をもうけた。それはごくふつうのことだったといえる。それにもかかわらず、仁徳天皇は葛城一族からきた磐之姫の嫉妬にはお手あげで、もうどうにも頭があがらなかったのだ。こういう話を知ると、古代史のなかの人びとにもなんとなく親しみがわいてくるようだ。

「土蜘蛛《つちぐも》」と呼ばれた先住民族がいた

一言主神社には、もうひとつ興味ぶかいものがある。「土蜘蛛《つちぐも》」の塚である。ただし、そこにある案内板には、能や長唄の「土蜘蛛」のストーリーの説明が、次のように書かれているだけだった。害悪の権化《ごんげ》の土蜘蛛が、僧侶の姿に化身して源《みなもと》頼光《よりみつ》の病気見舞いにいった。そこで正体を見破られた土蜘蛛は「汝《なんじ》知らずや、我むかし葛城山に年を経し、土蜘蛛の精魂なり」と大見得を切る。そして、千《ち》筋《すじ》の糸を投げかけて頼光を巻き殺そうとするが、ついに退治されてしまう、というものだ。

これを読んだだけでは「土蜘蛛」とはなんだかよくわからない。妖怪か化け物のように思えてしまう。じつはここだけではなく、大和には「蜘蛛塚」と称されるものがあちこちに残っている。そこで、『広辞苑』を引いてみると「（「土雲《つちぐも》」とも書く）神話伝説で、大和朝廷に服従しなかったという辺境の民の蔑称」と説明されている。

要するに、なにか異様な一族がいて、大和王権に対して簡単に服従しなかったということだろう。私はこの土蜘蛛という言葉は、子供のころに絵本で見たり聞いたりした記憶があって、よく耳になじんでいる。

九州地方には「熊襲《くまそ》」とか「隼人《はやと》」と呼ばれた種族がいた。それと同様に、この大和の葛城山系には「土蜘蛛」と呼ばれていた先住民族がいたのだ。そのなかのある一族が、最後まで大和朝廷に抵抗をつづけていたのだろう。いかにも「まつろわぬ一族」という感じで、大きな石がひとつ置かれただけの塚がそこにはあった。

ところが、一言主神社の境内から石段を降りて、下の道路を歩いていると、ほんの

大和の先住民族「土蜘蛛」が埋められたという塚

少し先のところに、もうひとつ別の大きな石がある。その周囲には説明などはいっさい書かれていない。ただ、石だけが囲みのなかに置いてあるのだ。

不思議に思って地元の人にいろいろ尋ねてみた。すると、意外にも「本当はここに土蜘蛛の一族は埋められているんや」という。「悪いことをしたやつら」ともいっていた。しかし、祭りのときには、いまだに重箱にご飯を詰めて鰹節《かつおぶし》などをのせたものを、この石に供えている人もいるという。

古代のそういう伝承が、この葛城の山裾に住む人びとのあいだにいまも生きつづけているというのは、なんともいえない感じがする。

『古事記』によれば、神武《じんむ》天皇が忍坂《おつさか》（奈良県桜井市忍阪）に出かけたとき、土雲（土蜘蛛）と呼ばれる穴居《けつきよ》部族の猛者《もさ》たちが待ちかまえていた。天皇はそれを知って、彼らをだまし討ちにしたという。そこでうたわれたのが「久米歌《くめうた》」といわれる次の三首である。

みつみつし　久米の子等《こら》が　粟生《あはふ》には　韮《かみら》ひともと　其根《そね》がもと
其根芽つなぎて　撃《う》ちてし止《や》まむ

みつみつし　久米の子等が　垣下《かきもと》に　植ゑし椒《はじかみ》　口ひひく
　吾は忘れじ　撃ちてし止まむ
神風《かむかぜ》の　伊勢の海の大石《おひし》に　這《は》ひ廻《もと》ほろふ
　細螺《しただみ》の　い這ひ廻《もと》ほり　撃ちてし止まむ

この三首に共通するのは、最後の「撃ちてし止まむ」という部分だ。意味は「敵をやっつけずにおくものか」。この言葉が、「鬼畜米英　撃ちてしやまん」というように、太平洋戦争下でスローガンとしてさかんに使われたことは、あらためていうまでもないだろう。

かつてはこの土蜘蛛のほかにも、「八束脛《やつかはぎ》」とか「国栖《くず》（国巣）」とか「佐伯《さえき》」などと呼ばれたさまざまな先住の部族がいた。熊襲《くまそ》や隼人《はやと》、蝦夷《えぞ》などもそうだ。桃山学院大学名誉教授の沖浦和光《おきうらかずてる》氏によれば、彼らは「化外《けがい》の民」とされ、「夷人雑類《いじんぞうるい》」と蔑視されていた。夷《い》は「えびす」で、夷人は野蛮人を意味する。

そもそも土蜘蛛という名称も、手足が長くて穴のなかに住んでいる、ということを誇張した蔑称である。八束脛も長いすね、つまり足が長いという意味だという。また、沖浦氏の話では、『風土記』には約二百カ所も土蜘蛛の記述があるそうだ。つまり、土蜘蛛のような先住民は、大和だけではなく各地に住んでいたのである。

日本に先住民がいた、というと意外に思う人もいるかもしれない。しかし、このように、オーストラリアのアボリジニや、アメリカ合衆国開拓期の「インディアン」と呼ばれたネイティブ・アメリカンのような人びとが、古代の日本にはたしかに存在していたのだ。

それにしても、『広辞苑』に書かれていた「辺境の民の蔑称」という説明には、ちょっと違和感をおぼえぬでもない。

はたして、葛城は辺境の地だろうか。辺地どころか、かつては葛城族、鴨（賀茂）族などが栄え、大和王権に対するもうひとつの王朝が存在していた時代もあったといわれるほどの地域だ。そこに先住していた人たちが「辺境の民」と呼ばれるのはなんとも情けない。というのも、私自身が、九州山地の山襞《やまひだ》の一角にへばりつくようにして存在していた山村の出身で、かつて大和朝廷に征服された側の一族だと信じているからである。

私の母の里は白木村という。その当時は白い木の村と書いて、「シロキ」村とはいわずに「シラキ」村といっていた。たぶん、それは「新羅《しんら(しらぎ)》」村ではないか、というような発言をして、地元の人に叱られたこともある。

そして私が生まれた村というのは、六世紀前半に「磐井《いわい》の乱」を起こした筑紫国《つくしのくにの》造《みやつこ》だった磐井一族の郷里である。彼らは、朝廷が新羅を攻めるというときに、それに抵抗してゲリラ戦をして最後には敗れた。つまり、大和朝廷から見れば反逆者だったわけだ。

もし葛城が〝辺境〟だったとしたら、私たち九州の民は、辺境どころか〝他界の民〟とでもいうことになってしまうのではないか。つい、そんなことを考えてしまうのである。

段々畑があり、森があり、うららかな日が照っている一角に、静かに物いわぬ石がぽつんと置かれている。案内や説明がいっさいないこの石の下に、古代日本の「まつろわぬ一族」だった土蜘蛛の一族が眠っている。そう思うと、なんだか不気味でもあり、リアリティも感じるのだった。

その場所にしばらくたたずんでいると、急に風がでてきたのを感じて、ぞくっとした。

二上山《にじようさん》に眠る大津皇子《おおつのみこ》の姉への愛

こうした「まつろわぬ民」の血がたくさん流れた一方で、大和朝廷内部でもさまざまなクーデターや謀殺がくり返されていた。それは大和の歴史の深い闇の部分である。じつは大和の一木一草にまで血なまぐさい物語がしみこんでいる、というべきかもしれない。

そのなかでも、二上山に葬られた大津皇子《おおつのみこ》の物語は、さまざまな人につよいイメージを与えつづけてきた。たとえば、折口信夫《おりくちしのぶ》は死後の大津皇子をモデルにした『死者の書』という小説を書き、保田與重郎《やすだよじゅうろう》は『大津皇子の像』というエッセイを書いている。

私は以前から、なんとなく保田與重郎が朝日さす三輪山で、折口信夫は落日の二上山、というような印象を抱いてきた。それほどこのふたつの作品から受ける印象は対照的だ。

天武天皇の第三皇子として天智《てんじ》二（六六三）年に生まれた大津皇子は、二十四歳のときに謀反《むほん》の疑いをかけられて刑死した。『日本書紀』によれば、大津皇子は容姿に優れ、性格は父に似て豪放磊落《ごうほうらいらく》で、文武《ぶんぶ》に秀《ひい》でて宮廷内でも人望を集めていたという。大津皇子の生母は、天武天皇の皇后（後の持統《じとう》天皇）の姉だったが、早く亡くなってしまう。一方、大津皇子よりひとつ年上の皇太子・草壁皇子《くさかべのみこ》は、天武天皇と皇后のあいだの一粒種だった。彼は人柄は良かったが病弱で、大津皇子に比べると凡庸《ぼんよう》だったらしい。

そのため、皇后は、人望のある大津皇子が、我が子である草壁皇子から皇位を奪おうとするのではないか、とつねにつよい警戒心を抱いていたことが想像されるのだ。

大津皇子には、二歳年上の唯一の同腹の姉である大伯《おおくの》（大来）皇女《ひめみこ》がいた。伊勢神宮の斎宮《いつきのみや》に任命されていた姉に会うために、大津皇子はひそかに伊勢へいったりもしている。胸中に抱えたさまざまな葛藤を、姉にだけは打ち明けていたのかもしれない。

朱鳥《しゆちよう》元（六八六）年に天武天皇が亡くなる。そのわずか八日後に大津皇子は「謀反が発覚」して捕らえられ、翌日処刑されてしまう。事件の真相はわからない。だが、処刑を急いだように見えること、皇子以外の逮捕者の多くがその後許されて政界に復帰していることなどから、皇后の計略だったのではないかという説もある。

少なくとも、この事件は当時の人びとに大きな衝撃を与えた。そして、えん罪ではないかという疑惑とともに、大津皇子への深い同情を誘ったのは間違いない。

大津皇子の遺体は殯宮《もがりのみや》に納められることもなく、二上山の雄岳山頂に葬られたという。その墓は西向きになっている。私はそこにも歴史の深い闇というものを感じる。大津皇子の墓が大和に背中を向けて立てられたのはなぜか。彼に反逆《はんぎゃく》の罪を着せて極《きょっ》刑《けい》にした皇后が、毎日死者に大和を見おろされては気が重い、と感じたからではなかろうか。

非《ひ》業《ごう》の死をとげた若き美貌の皇子、というだけでも、大津皇子にはこころをひかれずにはいられない。さらに興味ぶかいのは、彼の姉である大伯皇女が詠んだ歌だ。斎《さい》藤《とう》茂《も》吉《きち》の『万葉秀歌　上巻』（岩波新書）には、大伯皇女の歌が五首はいっている。

我が背子《せこ》を大和へ遣《や》ると小夜更《さよふ》けてあかとき露にわが立ち霑《ぬ》れし（巻二・一〇五）
二人行《ゆ》けど行《ゆ》き過ぎがたき秋山をいかにか君がひとり越えなむ（巻二・一〇六）
神風《かむかぜ》の伊勢の国にもあらましを何しか来けむ君も有らなくに（巻二・一六三）
現身《うつそみ》の人なる吾や明日よりは二上山《ふたかみやま》を弟背《いろせ》と吾《あ》が見む（巻二・一六五）

磯《いそ》の上に生《お》ふる馬酔木《あしび》を手折《たお》らめど見すべき君がありと云《い》はなくに（巻二・一六六）

このうちの最初の二首は、大津皇子がひそかに伊勢神宮へいって大伯皇女に会い、大和へ帰るときに詠まれた歌だ。斎藤茂吉の注釈では「わが弟の君が大和に帰られるを送ろうと夜ふけて立っていて暁《あかつき》の露に霑れた」、「弟の君と一しょに行ってもうらさびしいあの秋山を、どんな風《ふう》にして今ごろ弟の君はただ一人で越えてゆかれることか」とある。

それにしても、斎藤茂吉も述べているように、この歌だけを見れば、どちらも恋歌だとしか思えない。

残りの三首は、大津皇子が処刑された後に、大伯皇女が伊勢神宮から来て詠んだ歌だ。注釈ではそれぞれ「伊勢国にその儘とどまっていた方がよかったのに、君も此世を去って、もう居られない都に何しに還って来たことであろう」、「生きて現世に残っている私は、明日からはこの二上山をば弟の君とおもって見て慕い偲《しの》ぼう。今日いよいよ此処に葬り申すことになった」、「石のほとりに生えている、美しいこの馬酔木の花を手折もしようが、その花をお見せ申す弟の君はもはやこの世に生きて居られない」とある。

とくに、二上山を弟（大津皇子）とおもって偲《しの》ぼう、という一六五番の歌は、二上山をうたった歌としてももっとも有名なものだ。

弟を失った彼女の悲痛な叫びや万感の思いが、これらの歌からは響いてくるようである。というより、むしろ最愛の恋人を失った女性の歌、として読んだほうが自然ではないかと思えるほどだ。

現在、帝塚山《てづかやま》学院学院長で、『万葉集』について多数の著書がある中西進《なかにしすすむ》氏は、この歌について「恋歌を利用した心意、隠されたもう一つのストーリーに、姉弟の相姦《そうかん》がひそんでいたのではないか」と指摘している。また、中西氏は、大津皇子《おおつのみこ》、軽皇子《かるのみこ》、有間皇子《ありまのみこ》という三人の皇子の悲劇を比較して、そこには不思議なほど共通する点があると述べている。この三人とも優れた人物でありながら、いや、おそらくそのために、皇位継承をめぐって抹消されたというのだ。

なかでも軽皇子の場合は、妹との近親相姦が悲劇の主軸にさえなっている。それから考えても、大津皇子と大伯皇女《おおくのひめみこ》のあいだにも、姉弟の相姦ということが暗黙のうちにあった、と考えるのは自然だろう。しかも、大伯皇女が伊勢神宮の斎宮だったということを考えると、二重の禁忌《きんき》を犯したということになる。

こうした秘められた要素が、いっそう大津皇子の悲劇性を強めているのだろう。そして、大津皇子が葬られた二上山を、後世までも人びとに特別なものとして意識させることになったのではなかろうか。

ちなみに、私もこの大津皇子と大伯皇女の物語を下敷きにして、『当麻《たいま》寺《でら》の雨』という短編小説を書いている。そのことに気づいた読者には、登場人物の姉と弟のあいだに官能的なものがあることを、すぐに読みとってもらえたと思うのだが。

漢詩はクラシック、『万葉集』はポップス

『万葉集』のなかにも、こんなふうにさまざまな物語が隠されている。

ところが、戦争中の「少国民」だった私たちにとっては、あの『万葉集』にまさか「姉弟の相姦」がでてくるなどということは、想像することさえできなかった。

それどころか、『万葉集』のなかの言葉が、ある意味で自分たちの思想とか生きかたにも重なっていた。たとえば「大君は神にしませば」というフレーズだ。これが、

頭にこびりついてしまっている。そうか、大君つまり天皇は神なんだ、と。

しかもそれは、単に政府のスローガンとして、当時のソ連の五カ年計画のように上から押しつけられるのではない。古代の文芸という馥郁《ふくいく》たる香りを放ち、自分たちのアイデンティティとともにはいりこんでくるのである。この影響は大きい。

結局、そのために私たちの世代は、不幸にも『万葉集』が戦争時のナショナリズムと結びついてしまい、純粋に楽しむことができないうらみが残っている。

しかし、中西氏にお話をうかがっているうちに、『万葉集』自体もいままでとは違う見かたをすべきではないか、という気がしてきた。現在、『万葉集』といえば、第一級の文学作品だと誰もが思っているだろう。しかし、中西氏はそれをあっさり否定する。

なぜなら、当時の最高位に位置する文学は「漢詩」だったからだ。

漢詩は、いまでいえば外交官の外国語のような必須知識だった。インテリはみな漢詩をつくり、その能力をもってして、高い地位を占めていたのだという。朝廷における公文書ももちろん漢文で書かれていた。そのころ、朝廷はしばしば遣唐使を送って、大陸の進んだ文化を取りいれていた。あらゆる分野で大陸文化が模範とされ、文学では漢詩が尊重されたのである。

そういう時代背景を考えると、和歌を詠む人種ということでは、柿本人麻呂《かきのもとのひとまろ》にしても、大伴旅人《おおとものたびと》にしても、大伴家持《おおとものやかもち》にしても、決して当時の常識では一流の文人ではなかった。

たしかに、当時の日本人が漢詩をつくるためには、平仄《ひょうそく》とか典故《てんこ》なども含めて相当な教養を必要としただろう。それに対して『万葉集』の歌は、五七調とか七五調とか、あるリズムさえきちんと押さえていけば、日常の生活から生まれる感情で詠むことができる。

とんでもないといわれそうだが、当時の日本人の認識では、漢詩が〝クラシック〟で、むしろ『万葉集』というのは〝ポップス〟だったのではないか。もしかすると、『万葉集』はきわめて通俗なものだったのではないか、とさえ思えてくる。

たとえば、前出の大津皇子《おおつのみこ》なども漢詩人として才を認められていた人である。現存する最古の漢詩集『懐風藻《かいふうそう》』のなかには、彼がつくった四つの漢詩が採られている。そのうちのひとつは彼が死を賜《たまわ》ったときにつくられたものだという。

金烏臨二西舎一　鼓声催二短命一　（金烏《きんう》は西舎《せいしや》に臨《て》り　鼓声《こせい》は短命《たんめい》を催《うなが》す）
泉路無二賓主一　此夕離家向　（泉路《せんろ》に賓主《ひんしゅ》なく　この夕《ゆうべ》誰《た》が家《いえ》にか向《むか》はむ）

中西氏によると、この詩の意味は「太陽がいま西のほうに傾いていて、ときを告げる鼓の音が短い命を促すように鳴り響いている。あの世への道、泉路には客も主人もいない。この夕べ誰の家に向かうのだろう」ということだ。

そのころ、大津皇子の周辺には、新羅《しんら(しらぎ)》から来た僧侶の行心《こうじん》や伊《い》吉博徳《きのはかとこ》など、さまざまな渡来人たちがいた。大津皇子は、彼らが持ちこんだ渡来文化、文学的な素養のなかで育てられた人だったと考えられる。

ちなみに、『万葉集』にも大津皇子の歌とされるものが三首ある。ただし、中西氏は、歌に不自然な点が多いことから、作者は別人だろうという意見だった。柿本人麻呂のつくった歌といわれるもののなかにも、のちの人がつくった歌があるらしい。

こんなふうに考えていくと、じつは『万葉集』は大衆的なものであり、混沌としたエネルギーに満ちているものだったといえる。しかも、ひとりの人間の純然たる自我の表現ではなく、天皇から防人《さきもり》までさまざまな階層の人びとの歌から成っている。それだけにつかみどころがない。まさにその本質は「カオス」である。

そして、私はそういう『万葉集』にこころを惹《ひ》かれずにはいられない。『万葉集』そのものがカオスであり、揺らぎを持っているという見かたは、「大君は神にしませば」が頭にこびりついてしまった私たちの世代を、安心させてもくれる。

中西氏は、『万葉集』が成立した時期にも疑問を投げかけている。通説では奈良時代の終わりごろだ。だが、中西氏は、いまの『万葉集』ができたのは、ずっと時代を下って平安時代の中期ではないかという。学界でもそういう揺らぎがあるのはおもしろい。

『万葉集』を研究したのは、鎌倉中期の仙覚《せんがく》が先駆者だろう。厳密に『万葉集』を学問的に取りあげたのは、江戸時代前期の国学者・歌人の契沖《けいちゅう》が最初だといわれ、十七世紀以降ということになる。そして、『万葉集』がナショナリズムと結びつき、イデオロギーとして利用されたのは、おそらく大正・昭和にはいってからである。以後、国民全部がそのなかの歌を五、六首くらいは暗誦できる、という時代になっていった。

以前、民俗学者の宮本常一《みやもとつねいち》氏が日中戦争に従軍したときの話を聞いたことがある。彼はある戦線で夜間に監視に立っていた。幸いまわりには誰もいない。そこで、銃を置いて、日本から持ってきた岩波文庫の『万葉集』を、月の光の下でこっそり読んでいた。

それを見とがめた見回りの将校に「おまえはなにをやっているんだ！ それはなんの本だ！」と宮本氏は怒鳴りつけられた。しかし、その将校は、取りあげた本の表紙を見ると、「なんだ、マンバシュウか。これならよい」といったという。おそらく、彼自身は『万葉集』を読んだことは一度もなかったのだろう。

そんなふうに、『万葉集』は帝国軍人が読むのにふさわしいもの、として認識されていた時代もあったのだった。

柿本人麻呂というペンネームをめぐる想像

たとえ『万葉集』を読んだことがなくても、柿本人麻呂という名前はほとんどの人が知っているだろう。そして、日本人が抱いている柿本人麻呂のイメージは、『万葉集』を代表する大歌人というものにちがいない。

ところが、中西氏は、それも違っているのではないかと意外なことをいう。

まず、「人麻呂」という名前自体が不可解なのだそうだ。「マロ」というのは「男」を意味する韓国語で、それが日本にはいってきて「麻呂」になった。つまり、いまの「太郎」のようなものだ。

そうすると、「麻呂」の上にさらに「人《ひと》」とつけても、本来、あまり意味がある名前だとはいえない。「人麻呂」というのは、「人人《ひとひと》」といっているようなものだからだ。これが、もし同じ万葉歌人の「高橋虫麻呂」のように、「虫」をつければ区別になる。「太郎」に別の文字をつけた「正太郎」とか「松太郎」という名前と同じだろう。

そこで、中西氏は、この「人麻呂」という名前は、本来は「人ではない」という前提の上に、「いや、私は人ですよ」という意味でつけたペンネームではないか、と推理する。

柿本人麻呂については、歌人としての名前が大変有名なのに比べて、彼自身に関する史料があまりにも少ない。そのため、これまでもさまざまな議論を呼んできた。

そもそも『万葉集』に歌が載っている宮廷歌人たちは、名門の出であることが多いが、人麻呂は、出生も身分もはっきりしない。ただし伝説があって、家の垣根に柿の木が生えていて、その下にいたから「柿本」と名乗ったのだ、といわれている。

一方、私が人麻呂についていろいろ聞いた話のなかで、ずっと耳にこびりついて離れないのが、彼が「猿」と呼ばれていたことがある、ということだった。梅原猛《うめはらたけし》氏も『水底の歌　上・下巻』（新潮文庫）のなかで、人麻呂は同じく持統朝に仕えていた柿本猨《さる》（佐留）と同一人物だという説を唱えている。梅原氏が同書で描いた人麻呂像は、それまでの通説とは大きく違っていたため、かなり論議を呼んだ。

かつては「猿」と呼ばれていた者が「人」になったのだとする。これにはやはり意味があるだろう。猿のくせに見事な歌を詠む、天賦の才に長《た》けている、ということだったのではないか。和歌を詠むことに関しては、美空ひばりのように、人麻呂も幼いころから人並みはずれた才能を持っていたにちがいないからだ。

そのため、朝廷では人麻呂を桂冠《けいかん》詩人として登用する。桂冠詩人というのは、朝廷などが体制を維持していく上では不可欠な存在だった。そこで、本来は「猿」だが、「いや、私は人ですよ」と自ら名乗って人となった、ということだったのではあるまいか。

さらに、中西氏はこうもいう。人麻呂は必要があって「人麻呂」と名乗った。それと同様に、「大君は神にしませば」の歌も、大君は神だと知らせる必要があって詠まれたのだ、と。たしかに、必要がなければ、あえて「大君は神だ」とは詠まないはずだ。

これはどういうことか。当時、天皇の勢力はだんだん衰えつつあった。そこで、誰かがイデオローグとして登場して、「いや、天皇は神なんだ」とか「天雲の上にいるんだ」と、あらためて人びとに教える必要があったというのである。

中西氏は、人麻呂は桂冠詩人というより、それをもっと卑俗な存在にしたピエロではないかという。あるいは神話などに登場する一種のトリックスター、つまり、いたずらによって秩序を乱す者としてでてきた人ではないかという。彼が「人麻呂」と名乗って、自分は猿ではない、猿芝居ばかりやっているわけではなくて人間なんだ、というのもそのためなのだろう。これは、従来の人麻呂像とはかなり異なっている。

この「柿本」という姓も、私たちが持っているイメージとは少し違っているようだ。中西氏によれば、自分の庵《いおり》の横に芭蕉を植えて、それを俳号にした松尾芭蕉《まつおばしょう》の系譜というのは、じつはこの人麻呂から起こっているという。

元禄《げんろく》時代の「芭蕉」というのは、非常にバタ臭い南方のイメージを持つ言葉である。「芭蕉」という彼のペンネームも、当時はエキゾチックな響きを持っていたのだそうだ。

それと同様に「柿」もじつは舶来《はくらい》のものだった。古くから日本に自生していた柿もあるが、それは実が小さくて甘くない山柿である。そこに、当時の日本人は見たこともない実が大きくて甘い品種の柿が、大陸から渡米してきた。つまり、柿はバタ臭いものだったわけだ。それを植えて、柿の本にいるんだぞ、と名乗ったのが人麻呂だという。

さらに、この柿本人麻呂―松尾芭蕉というペンネームの系譜を継いでいる作家は、最近では「吉本ばなな」だ、という中西氏の指摘は意表をついておもしろかった。

いま、當麻寺《たいまでら》から数キロ離れたところに柿本神社がある。中西氏によれば、柿本神社の周りには「笛吹《ふえふき》」というような地名があり、そのあたりに葬式の葬送集団がいたとも考えられている。もしかすると、その一族と人麻呂にはなにか関係があったのかもしれない。たしかに人麻呂の歌の中心は、死者を追悼《ついとう》する「挽歌《ばんか》」である。

当時、大和で亡くなった皇族や貴族たちは、飛鳥での殯《もがり》の時期を終えると、河内の側につくられた墓陵に埋葬された。その葬送の列は、笛の音や挽歌をうたう声に包まれながら、日の沈む二上山の向こう側へゆっくりと進んでいく。

柿本人麻呂の一族は、古くからその葬列につき従って、道を払い清め、死霊をしずめる挽歌をうたう仕事についていたのかもしれない。そんなイメージも湧いてくる。

歌や詩を肉声でうたうことの大切さ

いま、私たちは『万葉集』の秀歌を印刷された「文字」で見て、研究したり、鑑賞している。しかし、もともとは、歌も詩もすべて声にだしてうたわれるものだった。その歌を耳で聞いて、笑ったり、泣いたり、あるいは喜んだり、無関心を装ったり、ということだったにちがいない。その場合、肉声として発せられて人びとのこころを揺さぶるためには、どうしても言葉のリズムや音の美しさが必要だ、と私は思っている。

たとえば、私が好きな『万葉集』の歌というと、月並みなようだが、額田王《ぬかたのおおきみ》の有名な、「あかねさす紫野行《むらさきのゆ》き標野《しめの》行《ゆ》き野守《のもり》は見ずや君が袖振る」（巻一・二〇）だ。

斎藤茂吉の『万葉秀歌　上巻』では、この歌の注釈は「お慕わしいあなたが紫草の群生する蒲生《がもう》のこの御《ご》料地《りょうち》をあちこちとお歩きになって、私に御袖を振り遊ばすのを、野の番人から見られはしないでしょうか。それが不安心でございます」とある。同書では「野」のルビを「ぬ」としているが、岩波書店の『新古典文学大系』その他の注釈では「野《の》」となっている。私も「の」と教わったので、ここでは「野《の》」と読むほうに従いたい。

この歌が好きな理由は、ドラマの背景にストーリーが浮かぶことと、語調がいいからだ。「紫野《の》行き標野《の》行き」というように「の」の音がポンポンと重なって、さらに「野《の》守は見ずや」とくる。そこになんともいえない生理的な快感があるのだ。

昔の日本人は「肉声」の音の響きを大事にしていたらしい。それを証拠づけるようなおもしろいエピソードを、中西氏に教えていただいた。奈良時代の終わりごろに書かれた手紙が残っていて、それには「用向きは使者が口でいうよ」ということが書かれているという。つまり、その手紙を使者に届けさせて、用件は相手に使者が口頭で伝えたらしい。

現代人の感覚では、手紙に用件も書けばいいのに、と思うのだが、書かない。大事なことは口頭で伝えるのが奈良時代だった、と中西氏はいう。さしずめ、いまなら相手に「大事なことは、こんど会ったら話すからね」とメールを送るようなものだろうか。

かつてはそれほど肉声が大事にされていた。とくに『万葉集』の初期の歌は、額田王のこの歌と同じように、心地よいリズムのなかでうたわれているものが多い。机の上で読まれたものではなく、ひとつのボーカル、まさに肉声だといっていいだろう。

それは、どんなふうにうたわれたのだろうか。残念ながら、中西氏によれば、当時の人びとがどんな抑揚《よくよう》をつけてうたっていたのかはわからないという。

昔、私たちの世代は、漢詩を詩吟《しぎん》というもので教わった。つまり、節をつけてうたっていたのだ。私の場合は、それがいまだに身体にしみこんでいる。『万葉集』の歌も耳で聞いて心地よく、しかも「ああ、いいな」と感じさせるような節がつかないものだろうか。

私の友人に土取利行《つちとりとしゆき》氏という音楽家がいる。いま、英国の演出家ピーター・ブルック氏と組んで、舞台の音楽プロデューサーをしていることでも有名だ。その彼が、万葉の音や縄文の音を復元するということを、ひとつの志《こころざし》としてずっとやってきている。たとえば、銅鐸《どうたく》は楽器だったという説に基づいて、銅鐸を使った音楽などを研究しているのだ。

人間にとっては、やはり言葉より先に音があったのだと私は思う。音を大事にしない文化というのは、頭でっかちなものになってしまうだろう。『万葉集』も、解釈や研究だけではなく、うたって楽しむことからはいったらどうだろうか。

そういえば、中西氏はある人から「先生、万葉時代に文字がなかったなんて、本当なんですか?」と質問されて、逆に驚いたという。

一応、念のために書いておくと、『万葉集』は「万葉仮名」と呼ばれるもので書かれている。これは、中国から輸入した「漢字」の持つ意味を捨てて、その音だけを用いて、日本語を表音的に表記したものだ。たとえば、万葉仮名では「やま(山)」を「也麻《やま》」、「やまと(大和)」を、「八間跡《やまと》」、「なつかし(懐し)」を「夏樫《なつかし》」と書いたりする。

つまり、当時は日本語を書き表す文字は「なかった」のだ。この万葉仮名から、日本語固有の文字としてひらがなとカタカナがつくられたのは、九世紀以降だという。

文字があるということが、言語というものの大前提だと思っている人は少なくないようだ。ところが、中西氏によると、現在でも世界の言語のなかで文字を持つものは二割程度に過ぎない。つまり、八割の言語は文字を持っていないことになる。

たとえば、アイヌ語も文字を持たない言語だ。しかし、アイヌ民族には「ユーカラ」という口承されてきた見事な叙事詩がある。そして、アイヌのお年寄りは、いまでもそのユーカラを三日三晩くらいずっと語ることができるという。彼らはそれを文字でおぼえているのではない。すべて耳から聞いた音として頭のなかでおぼえているのだ。

耳からおぼえたものは、じつによく残る。まさに「肉体の記憶」だといっていい。親鸞も、『教行信証《きょうぎょうしんしょう》』のように学問的なものも書いたが、最終的には「和讃《わさん》」をたくさんつくった。和讃というのは「やわらぎほめうた」で、目で読むものではなく、みんなでうたうものである。

蓮如も「御文《おふみ》」あるいは「御文章《ごぶんしょう》」と呼ばれる書簡体の文を書いている。それを、字を読める人が朗読し、読めない人たちは耳で聞く。そして、朝夕のお勤めのときには、一行一行みんなで唱和する。

肉声というものはとても大事だ。私はそういう文化をこれからも失わずに、受け継いでいくべきではないかと思っている。

笑いとエロティィシズムにあふれた『万葉集』

さて、漢詩がクラシックで、『万葉集』がポップスだったとすれば、そのなかにはエロティックな歌やユーモラスで滑稽な歌などもあっていいはずだ。

前述の中西進氏にうかがうと、『万葉集』にはもちろん官能的な歌も笑いのある歌もあるという。エロティックといっても、陰湿さはない。比較的どれもからりとした歌だそうだ。「東歌《あずまうた》」などを見ると「性が氾濫《はんらん》している」といってもいいほどだという。

たとえば、「上野安蘇《かみつけのあそ》の真麻群《まそむら》かき抱《むだ》き寝《ぬ》れど飽《あ》かぬを何《あ》どか吾《あ》がせむ」（巻十四・三四〇四）という歌などがそうだ。

これは、中西氏によれば「麻束を抱くようにして、恋人を抱いて寝ている。それなのに、なぜこんなに満足しないのだろう」というような意味だという。異性と抱きあって寝るということを恋愛の最終点だと考えてしまうと、この歌は理解できない。

この歌の作者は、抱いて寝ているけれどもなお不満だ、おれたちが求めているものはこんなものではないはずだ、といっているのだ。中西氏は、本当に恋をしている男女の突き詰めた実感というのは、当時でもそういうものだっただろうという。それはなかなか複雑で、近代的な感覚だと私も思う。

一方、「笑い」というのは、文化にとって本質的なものだ。しかし、『万葉集』のなかの「笑い」というのは、私はほとんど聞いたことがなかった。

中西氏によれば、「笑い」の研究自体が非常に哲学的な問題か、そうでなければ、落語的レベルの問題になってしまい、隠蔽《いんぺい》されてしまうのだという。やはり、学界では、「笑い」などをまともに取りあげることはむずかしいのだろう。

しかし、人間には、笑わなければ生きていけない、というほど悲惨な状況もある。たとえば、私はヴィクトール・フランクルの『夜と霧』（みすず書房）にでてくる「ユーモア」が忘れられない。

同書は、ナチス・ドイツによってアウシュヴィッツ収容所へ送られたユダヤ人精神医学者の手記である。彼は限界状況のなかでなんとか生きのび、戦後にそこでの体験を書いた。そして、この本は世界的なベストセラーになった。

そのなかに、「ユーモアもまた自己維持のための闘いにおける心の武器である」という一節があった。彼は一緒に働いていた友人に「これからは、少なくとも一日にひとつ愉快な話をみつけることをお互いの義務にしようではないか」と提案し、実行したのである。こうした生きるための必死のユーモアや笑いというのもあるのだ。

では、『万葉集』のなかにある「笑い」とは、いったいどんなものか。

中西氏があげたのは、たとえば、ある人の腋毛《わきげ》の多いことを笑ったり、あるいは色の白いことや色の黒いことを笑う歌だ。これは、多毛体質の人がいたり、白人系の人たちもシルクロードを通ってはいってきていた、ということを示すものだろう。ペルシャ人だという肌が浅黒い人もいたらしい。当時の日本は、じつは人種のるつぼだったのだ。

私たちはどうも『万葉集』は真面目な歌ばかりであり、襟《えり》を正して読まねばならない、という感じを持っている。それは、軍国主義の時代に、記紀や『万葉集』が文芸作品とか美しいものとしてではなく、むしろナショナリズムを鼓吹《こすい》するものとして、私たちに押しつけられていたことが原因だと思う。

あのころ、人麻呂の歌で「大君は神にしませば」という言葉をいやになるほど聞かされた。天皇は「現人神《あらひとがみ》」だということを、いわば『万葉集』と重ねあわせるようにして、肌身にしみこませてしまったのだ。

この「大君は神にしませば」と、記紀の神武天皇の土雲《つちぐも》征伐の話にでてくる「撃ちてしやまん」という言葉が、かつては私たちの日常に氾濫していた。それは、「敵をやっつけろ!」という現実的なものではなく、「大和は国のまほろば」とつながる言葉、古代人の感覚と結びあう言葉として意識されていた。そのために、戦争中の日本人の情念を熱っぽく沸き立たせることになったのではないか。

私は、あの戦争は日本人が愚かで世界の情勢を冷静に判断できなかったから、ああいう失敗をくり返したのだ、という単純な見かたには賛成できない。やはり、戦争の時代には、ある種の日本人の古代につながる運動があり、思想があったのである。そして、本意ではないにせよ、記紀も『万葉集』も、そのために大きな役割をはたしてきた。そういう力を持っていたのだ。

だが、本来『万葉集』はもっといきいきとしていて、笑いとエロティシズムと人間味にあふれたものだと思う。そういう視点から見直せば、そこからまた『万葉集』の新たな魅力を発見できるのではなかろうか。

親鸞《しんらん》と太子信仰と水平社運動

法隆寺は聖徳太子の怨念鎮撫《おんねんちんぶ》の寺

奈良のシンボルといえば、やはり斑鳩《いかるが》の法隆寺であり、聖徳太子にとどめをさす。聖徳太子と法隆寺について書かれた本は数多い。そのなかで梅原猛《うめはらたけし》氏の『隠された十字架――法隆寺論』という大きな反響をまきおこした本を思い出す人も多いだろう。梅原氏は同書で、法隆寺は聖徳太子の怨霊鎮魂《おんりようちんこん》の寺だと大胆に論じて、世間の注目を集めた。

聖徳太子が2歳のとき合掌して「南無仏」と称えたという伝承をモチーフにした「南無仏太子像」（法隆寺大宝蔵殿蔵）

聖徳太子は四十九歳で世を去っている。その後、太子の子である山背大兄王《やましろのおおえのおう》の一族は、蘇我《そが》氏によって惨殺された。梅原氏の論は、家系を滅亡させられたことを怨《うら》み、崇《たた》ろうとしている太子の怨霊を封じこめるための寺が法隆寺だ、というものだった。

たしかに、斑鳩ではさまざまな凄惨《せいさん》な出来事が連続して起こっている。法隆寺は「聖徳太子の怨霊鎮魂」のために建てられたという梅原氏の説も、なるほど、そういう見かたもあるのだな、と大いにうなずけるところがある。

考えてみれば、歴史のなかでそうしたクーデターが起こったとき、大陸とかヨーロッパのように地つづきの場所では、国境を越えてどこか別の国に逃げこめる。

しかし、日本という島国のなかでは、立場を逆転された人びとは、逃げようがない。一部の人びとは処刑されてしまう。だが、生き残った人びとは、その地で生きつづけなければならない。そうなると、政敵を追い落として政権をにぎった人びとにしても、同じ国内で生きている彼らの怨念というものを、日常的にひしひしと感じざるをえない。

たとえば、ある人が処刑されたのちに、その人の祟りがさまざまな形で現れる。雷になって落ちたり、火事を起こしたり、病《やまい》を流行《はや》らせたりする。そういう怨霊の祟りを恐れて、鎮魂のために寺を建てるという考えかたもたしかにあるだろう。

しかし、古代の人びとは、そんなふうに祟りばかりを恐れたわけではないと思う。もっと具体的に、その一族やそれにつながる勢力の怨みを、なんとか融和させようとしたのではないか。そのために、リーダーだった人を手厚く祀《まつ》った。つまり、「怨霊鎮魂」ではなくて「怨念鎮撫《おんねんちんぶ》」のほうではないか、と思うのだ。

有名な菅原道真《すがわらのみちざね》という人は、ものすごい力を発揮して雷を落としたり、病気を流行らせたという。その道真の妖怪変化《ようかいへんげ》のような力を恐れて天神様として祀った、というのは建て前にすぎない。真の目的は道真の名誉を回復することにあったはずだ。

かつてのソ連では、スターリン時代にすさまじい粛清《しゅくせい》があった。その後、雪解けの時代になって、その粛清に対する名誉回復というものがさかんに行われている。あの名誉回復の背後にあるものも同じだと思う。

いまさらその人の名誉を回復したところで、本人はもう亡くなってしまっていて、どうしようもない。むしろ、そのことを絶対に忘れない、という怨みを抱いている本人に連なる一族の気持ちをなんとか慰撫《いぶ》しようとした。そのための名誉回復にほかならない。

それにしても、名誉回復があれほどたびたび行われたということは、いかにスターリン時代に恐るべき粛清やそのような行為が行われてきたか、ということでもある。

この斑鳩にもそういう人びとを祀る神社仏閣が多いということは、いかに激しい人びとの怨念がこの地に渦巻いていたか、ということのひとつの証《あかし》だろう。法隆寺を見ながら、そんなふうに、私は少しひねくれて考えてみたりもする。

太子の夢告《むこく》で念仏者となった親鸞《しんらん》

このように梅原猛氏が刺激的な本を書いたり、再建・非再建論争が起こるなど、聖徳太子と法隆寺の謎については、さまざまな人が問題提起をし、また語ってきている。

そのなかで、私は従来の聖徳太子論とは少し違った角度から、この人物にとても関心を抱いてきた。それは、親鸞《しんらん》というひとりのひたむきな宗教家が、若いころから晩年にいたるまで聖徳太子を一途《いちず》に尊敬し、慕《した》いつづけてきているからだ。それはなぜなのだろう。

親鸞と聖徳太子。こう名前を並べても、あまりイメージとしては直接は結びつかないかもしれない。しかし、親鸞が晩年に書いた和讃《わさん》のなかには、聖徳太子の名前をはっきりとあげて、その恩徳を讃えるものが数多く残されている。

親鸞は、九歳のときに出家して、比叡山《ひえいざん》の横川《よかわ》で二十九歳のときまで修行をした。しかし、二十年間も厳しい修行を行いながら、親鸞はその修行ではついに悟りを得ることができなかった。

その親鸞がのちに法然に出会い、比叡山を飛びだして念仏者としての活動をはじめることになる。そのときに、聖徳太子から大きな影響を受けたといわれている。これは、いろいろな文献などからも、史実と考えてよさそうだ。

親鸞にはもうひとつ、太子にまつわる伝承がある。まだ修行なかばの十九歳のとき、親鸞は一度比叡山を降りて河内国磯長《かわちのくにしなが》（現・大阪府南河内郡太子町）の聖徳太子廟《びょう》に参籠《さんろう》した。そこで親鸞は夢を見る。そして、お前の命はもう十年あまりしかないが、その命が終わるときが来たら、すみやかに浄土へはいっていくだろう、と太子に告げられたというものだ。

これは、史実として記録されているわけではない。そのため、学者の多くは、親鸞が比叡山を降りたことを疑っているようだ。親鸞が十九歳のときに聖徳太子から得た夢告《むこく》も、後世につくられた伝説にすぎないとされている。

しかし、史料があることだけが史実ではない、と私は思っている。熱烈なまでに聖徳太子を慕っていた親鸞の気持ちを思うと、河内の太子廟に参籠した可能性もあるだろうし、聖徳太子ゆかりの法隆寺も訪ねたのではないかと思う。

太田信隆《おおたしんりゅう》氏によれば、法隆寺の峯の薬師西円堂《さいえんどう》の下にある円明院は、親鸞聖人が勉強なさったところだ、という伝承があるという。親鸞はそこで因明《いんみょう》学を学んだといわれ、親鸞が師に贈った袈裟《けさ》といわれるものも残っている。あたかも実際にあったことのようにいわれているのだ。

十九歳の親鸞が河内の太子廟を訪ねたのだとすれば、京都の比叡山から大和を通っていったことだろう。その際に法隆寺に立ち寄ったとしても少しも不思議ではない。

そして二十九歳のときに、親鸞は比叡山を降りて京都の六角堂頂法寺《ろっかくどうちょうほうじ》に百日間こもる。その九十五日目の夜に、聖徳太子の夢告を得るのである。それがきっかけで親鸞は法然のもとを訪ね、念仏者として新しく生きることになった。親鸞にとって、それほど聖徳太子は大きな存在だったということだろう。

なによりもそれがはっきりと表れているのが、親鸞が晩年に数多く書いた「聖徳太子和讃」なのではないか。

私は、親鸞の和讃は老後のすさびなどではなく、むしろ彼が到達した究極の思想が、あのなかにはこめられていると思っている。もちろん、『教行信証《きょうぎょうしんしょう》』も『歎異抄《たんにしょう》』も大事なものだ。しかし「自然法爾《じねんほうに》」という思想に到達した晩年に書かれたものには、親鸞の全生涯が結集しているような気がするのだ。

『親鸞和讃集』（岩波文庫）の解説によると、親鸞は八十三歳のときに「皇太子聖徳《こうたいししようとく》奉讃《ほうさん》」七十五首、八十五歳のときに「大日本国粟散《ぞくさん》王聖徳太子奉讃」百十四首、八十六歳前後のときに「皇太子聖徳奉讃」十一首というように、八十代にはいってからたくさんの聖徳太子を讃える和讃を書いた。その最晩年の「皇太子聖徳奉讃」十一首のなかには次のようなものがある。カッコ内は名畑應順《なばたおうじゅん》氏による注釈である。

救世《くせ》観音大菩薩《かんのんだいぼさつ》　聖徳皇《しょうとくおう》と示現《じげん》して
多々《たた》のごとくすてずして　阿摩《あま》のごとくにそひたまふ
（救世の観世音菩薩が日本に聖徳太子として現われて、慈父《じふ》の如《ごと》く哀れんで捨てておかず、悲母《ひぼ》の如くつき添って護《まも》り給《たま》う）

和国《わこく》の教主《きょうしゅ》聖徳皇　広大恩徳謝《こうだいおんどくしゃ》しがたし
一心《いっしん》に帰命《きみょう》したてまつり　奉讃不退《ほうさんふたい》ならしめよ
（日本の教主である聖徳太子の広大な恩徳は謝し尽し難い。二心なく太子のみ言葉に順《したが》い奉《たてまつ》り、本師の弥陀に帰命して念仏し、いよいよ怠《おこた》りなく讃嘆し奉らしめよ）

聖徳皇のおあはれみに　護持養育《ごじよういく》たへずして
如来《にょらい》二種の廻向《えこう》に　すゝめいれしめおはします
（聖徳太子の久遠劫来《くおんごうらい》の御憐れみにより、常に念力を以《もっ》てわれらを護持し、慈悲を以て養育せられて、弥陀の本願である往還《おうかん》二種の回向に勧め入れしめ給う）

このように、親鸞は、救世観音が聖徳太子のすがたになって現れたとか、父や母のようだとか、「和国の教主」だといって崇《あが》めている。太子をこころから慕っている親鸞の気持ちがひしひしと伝わってくるようだ。

「仏の前ではみな平等である」という太子の思想

聖徳太子といえば、大和を代表するようなメジャーな人である。

学校でも習ったように、用明《ようめい》天皇の子であり、将来は皇位を継承する立場にあって、推古《すいこ》天皇の摂政《せっしょう》という政治の実務についていた。そして、日本に仏教を導入し、冠位十二階を定め、十七条憲法を制定した。さらに、小野妹子《おののいもこ》を隋《ずい》に派遣して国交を開き、留学生や留学僧を送って大陸文化の導入にも努めた。

とくに、仏教には深い理解と信仰を示していた。高句麗《こうくり》の僧慧慈《えじ》を師とし、自ら『三経義疏《さんぎょうぎしょ》』を執筆し、法隆寺、四天王寺、中宮寺、橘寺《たちばなでら》、広隆寺、法起寺、妙安寺などを建立《こんりゅう》したといわれている。

こうして見ただけでも、聖徳太子は、いわば大和の「光と影」の「光」のほうを代表する人物だといっていいだろう。

それとは対照的に、親鸞は朝廷へのつよい抵抗心を持っていた人だった。とくに、法然《ほうねん》と自分が流刑されたときの朝廷の処しかたについては、激しい怒りを述べてもいる。彼の絵像も、穏やかでやさしい表情というよりは、超然としているように見える。権力などに対して一歩も譲らない、という厳しさを持っていた人のように思える。

その親鸞が、国の現実的な支配者として権力を握っていたような聖徳太子に対して、なぜあれほどの深い帰命を示し、終生尊敬しつづけたのだろうか。

親鸞という宗教者について考えたときに、その「太子信仰」ということが、私にはどうも理解しにくかった。ひょっとすると、親鸞には、私たちが抱いているオーソドックスなイメージとは違う聖徳太子のすがたが見えていたのだろうか。

親鸞は、日の当たる場所にいた聖徳太子の華やかな「光」の面に憧れたのではなく、むしろ表面からは見えない「影」の部分に親愛の情を抱いていたのだろうか。

聖徳太子の人物像も、じつは謎に包まれている。すでに『日本書紀』に書かれたころから太子の聖人化ということがはじまっている。そして、古代から江戸期まで奇跡的なエピソードや伝説に満ちた太子伝が何種類も書かれ、人びとに大きな影響を与えてきた。

その結果、聖徳太子の実像というものは伝説のなかに隠されてしまい、虚実が織りまぜになっている。ただし、有名な「世間虚仮《せけんこけ》、唯仏是真《ゆいぶつぜしん》」という言葉だけは、間違いなく太子が遺したものだ、と私は教わった記憶がある。
「世間《よのなか》は虚仮《むなし》なり、唯仏《ただほとけ》のみ是《こ》れ真《まこと》なり」というこの言葉は、聖徳太子の妃の橘大郎女《たちばなのおおいらつめ》が太子の死を悲しんでつくったとされる「天寿国繡帳《てんじゆこくしゆうちよう》」の銘文に書かれているものだ。

聖徳太子はこの言葉で何を語ろうとしたのか。
現実の世界に生きている私たちは、この世間が真実で、宗教の世界に対しては、本当なのかという気持ちがある。しかし、聖徳太子は、世間は仮のものであり、仏の理想の世界こそが真実なのだということを、千三百年前に宣言したのだ。

一方、親鸞は「火宅無常《かたくむじよう》の世界は、よろづのこと、みなもてそらごと、たわごと、まことあることなきに、たゞ念仏のみぞまことにておはします」（『歎異抄』岩波文庫）という言葉で、まさに太子と同じことを表現したということができる。

さらに、聖徳太子と親鸞の共通点をあげると、意外に聞こえるかもしれないが、どちらも在家の仏教者だった、ということがいえる。聖徳太子は仏教者ではあったが、出家はしていない。一方の親鸞も、比叡山で修行をして僧籍《そうせき》にはいったが、晩年は「非僧非俗《ひそうひぞく》」、つまり僧にあらず俗にあらず、という立場を貫いている。

しかも、親鸞は肉食妻帯《にくじきさいたい》をなした。その意味で、彼は世俗の生活を営みつつ、真摯な仏教者だったということができる。一方の聖徳太子にも四人の妃がいた。妻帯した在家の身で仏の救いを求めていく、という姿勢がどちらにも共通しているといっていい。

それ以上に親鸞は、聖徳太子が本来持っている人間思想というものに、深い興味を抱いたのではないか。聖徳太子は推古十一（六〇三）年に「冠位十二階」という制度を制定した。これは、「徳・仁・礼・信・義・智」の儒教の徳目を冠名にして、それぞれを大小に分けた十二の位階を定め、色の異なる冠を諸臣に与えたものである。

当時、大和朝廷には「氏姓《しせい》制度」という支配体制があった。これは、姓《かばね》を持つ氏《うじ》を構成単位とするものだった。そして、その特権的地位は一族で世襲されていた。

しかし、聖徳太子が定めた十二階の冠位は、世襲を認めず一代限りとしている。しかも、従来の姓《かばね》とは異なり、個人の能力次第で昇級させた。これによって、聖徳太子は門閥《もんばつ》の弊害を取りのぞき、有能な人材を積極的に登用したのだ、といわれている。

視点を変えてみれば、それはまさに「仏の前ではみな平等である」という聖徳太子の思想の表れだった、といえるのではなかろうか。

冠位十二階につづいて、聖徳太子は日本最初の成文法とされる「憲法十七条」を制定した。これは「和を尊び、仏教を敬《うやま》い、詔《みことのり》を承《う》けて謹《つつし》む」というように、法典というよりは道徳的な内容だが、もちろん、その根底には仏教思想が存在する。

親鸞は比叡山にいたとき、仏教界におけるさまざまな形での身分制度に直面した。そして、比叡山のありかたに対してつよく反発していた。そのため、聖徳太子のこうした「平等思想」というものにも深く共感していたのではなかろうか。

なぜ太子は民衆の共感と尊敬を集めたのか

私は金沢に住んでいたとき、金沢大学教授だった井上鋭夫《いのうえとしお》氏の研究に興味を持って、井上氏のライフワークといえる一向一揆関係の著作を読み漁《あさ》った。

本書の前半でも紹介したが、その井上氏の『一向一揆の研究』のなかに「金掘《きんほ》りと太子《たいし》信仰《しんこう》」という興味ぶかい論文がある。ここでは、真宗を構成する重要な要素である「太子信仰」の歴史的意味が究明されている。とくに、「ワタリ・タイシ」「山の民・川の民」といった鋭い視点からの問題提起は大変刺激的だった。

この「ワタリ」は「渡り」、「タイシ」は「太子」から来た言葉だという。井上氏は、新潟を中心に徹底したフィールドワークを行って、遺物や地名の伝承やさまざまな地方文書などの史料を検討している。その結果、船頭や河川労働者といった移動する人たちのあいだに太子信仰というものがある、という独自の論を展開していた。

前述したように、親鸞には熱烈な太子信仰があった。ただし、太子信仰自体は、親鸞を開祖とする真宗教団に固有のものではない。

聖徳太子は、推古天皇の摂政として、はじめて仏教を正式に国の宗教として受容することを公に布告した。そのため「日本仏教の祖」といわれている。さらに、日本の釈迦《しゃか》とみなされたり、弥勒《みろく》菩薩あるいは救世観音の生まれ変わりだとも信じられてきた。つまり、かなり早い時期から、人びとのあいだには、そういう形での太子信仰というものが定着していたといえる。

しかも、僧侶でもなく、政治家という、いわば世俗の中心にいたはずの聖徳太子の思想は、のちの仏教者たちのこころをつよくとらえていった。そして、浄土系の各宗に広がる過程で民衆との結びつきがつよくなり、庶民信仰として発展していった。

とくに興味ぶかいのは、大工や職人、あるいは露天商というような人びとが、聖徳太子を自分たちの先祖と呼び、身近なものとして敬愛し、信仰しているという事実だ。大工や職人の場合は、太子を寺院建立の祖とする伝説に基づくらしい。彼らにとって太子は、信仰の拠《よ》りどころであるばかりか、職能の権利を保障してくれる守護者でもあったのだ。

こうして太子信仰の流れを振りかえってみると、やはり不思議でならないことがある。貴族社会のエリート中のエリートだった聖徳太子が、なぜそれほどまでに民衆の共感と尊敬を集めたのか。そして、庶民のあいだで広く信仰されるようになったのか。

井上氏は、中世における太子信仰の性格と、それがとくに本願寺にひきつけられていった理由を、新潟県岩船《いわふね》地方の例をあげて考察している。

かつて越後《えちご》と呼ばれた新潟は、承元《じょうげん》元（一二〇七）年に、法然に連座して親鸞が流された場所でもある。ここで親鸞は浄土真宗《じょうどしんしゅう》の基礎をきずいていった。つまり、新潟は親鸞と深い関係がある場所で、そこにつよい太子信仰が見られるという。

井上氏によれば、新潟県岩船地方の寺院は大半が曹洞宗《そうとうしゅう》だが、広く太子信仰が見られ、聖徳太子像を祀っている寺も多い。そして、寺の檀家関係とは別に「太子講《たいしこう》」という組織がある。井上氏は太子講について次のように述べている。

〈つまり、太子講は、村人たちが平座で会合して、費用を分担して飲食した村寄合にほかならないのである。この場合山間地帯の村人は、いずれも杣工《そまこう》であったから、のちには太子は大工・職人の神とされたのであるが、本来は山の民（杣工・紺掻《こんかき》・金掘り・鋳物師《いものし》・鍛冶《かじ》・檜物師《ひものし》・木地師《きじし》・塗師《ぬし》など）に崇拝されたものと考えることができる。〉

ここで「山の民」としてあげられているなかで、「杣工」とは木こりや林業労働者、「紺掻」は染め物をする人のことだ。「檜物師」は檜材を薄く加工して器などをつくる人、「木地師」は木材を粗《あら》びきしてろくろで盆や椀などの日用器物をつくる人、「塗師」は漆《うるし》細工をしたり漆器《しっき》をつくる人のことだろう。

また、「金掘り」は鉱山で金・銀・銅・鉄などを採掘する人びとのことだ。この地方では、鉱山集落にも聖徳太子像が数多く祀られているという。

原初的な太子信仰というのは、諸仏菩薩を拝む信仰に対して、一段ひくい信仰対象として存在していたものだったらしい。そのために、いわゆる「常民」ではない山の民のような人びと、一般の人びとからは蔑視される人のあいだに広がっていった。

そういう人たちが聖徳太子に救済を求めていき、次第に、その太子信仰と真宗とのつながりが生まれてくることになったのである。

真宗を全国に広めた「ワタリ」と「タイシ」

井上氏によれば、新潟県岩船郡を流れる荒川という川に沿った村々のなかに、「タイシ」と呼ばれる人たちが住む一角があるという。

その「タイシ」たちは近世では箕作《みつく》り、筏流《いかだなが》しなどを生業《なりわい》として、ほとんど農地を持たなかった。そのため一般の農民からは、人間の「足」に相当する仕事だという理由で卑賤視《ひせんし》され、差別を受けてきた。興味ぶかいことに、その一帯の寺院は大半が曹洞宗であるにもかかわらず、「タイシ」はほとんど真宗門徒である。井上氏はその理由をこう説明する。


〈「タイシ」の人たちは、自らを「退士《たいし》」と解《かい》し、戦に敗れて落ちのびた武士であると伝えているから、もともとこの土地に土着していたものではない。多くは弘《こう》治《じ》・永禄《えいろく》のころに移住したと伝えている。それが「タイシ」と呼ばれたのは、彼等が太子信仰を奉じたためにほかならず、里の村々が禅宗の檀那になったときに、太子を奉じたままで移住してきたことから異端視され、またそのために本願寺末流につながったものといえる。〉

また、荒川から山のほうにはいりこんだ場所では、鎌倉期から、「非人《ひにん》」と呼ばれた被差別民が賤業や苦役に従事していたことが、当時の古文書に記録されているという。

当初、彼らは採鉱《さいこう》や冶金《やきん》に携わっていたらしい。鉱山からの採取が終末期を迎えると、やはり同じように箕作りに励んだり、筏流しをする水運業者になった。それは、荒川とその支流が、鉱石の運搬に使われていた、という関係からはじまったらしい。

そうした被差別民たちも、太子信仰を自分たちの信仰の拠りどころとした。一方、非農業民として蔑視されていた杣工《そまこう》・紺掻《こんかき》・金掘り・鋳物師《いものし》・鍛冶《かじ》・檜物師《ひものし》・木地《きじ》師《し》・塗師《ぬし》などの山の民たちも、太子信仰の徒になった。

そして、身分制度の底辺に位置する彼らを、積極的に門徒として受けいれていったのは、真宗寺院以外にはなかった。つまり、初期の真宗寺院は、低俗な信仰とされていた太子信仰から、より次元の高い宗教として阿弥陀信仰を志向する非農業民たちを、門徒にしていったのである。

新潟に流されていたあいだ、親鸞がどんな活動をしていたのかははっきりしていないが、こうした非定住の人や非農業民たちとも交流があったといわれている。また、蓮如は近江《おうみ》（現・滋賀県）にいたころも越前《えちぜん》（現・福井県）の吉崎にいたころも、自ら社会から差別されている人たちのあいだにはいって、積極的に教線を広げていた。

さらに、井上氏は「ワタリ」についても考察を行っている。岩船地方では、山間地帯だけでなく、水上交通の要衝《ようしょう》にも太子像が遺されている。それは「ワタリ」と呼ばれる人びとの拠点とも重なっているという。

「ワタリ」とは「渡り者」「渡守」などから来ている言葉で、水運業に従事して、遠隔地での商取引を行っていた人びとである。なかには、「タイシ」と呼ばれる筏作りの人びとと区別がつかなくなっているケースもある。

こうした水運業者と太子信仰のつながりは、ある村の太子堂の再建費用の一部を、よそから来た船乗りたちがお金をだしあって負担したり、寄港するたびに参拝する、という習慣が残っていることからもうかがえる。

井上氏は、もし農民だけを門徒としていたならば、真宗は巨大な教団を形成することはできなかっただろう、と指摘している。なぜなら、山の民は広い交易圏と流動性を持つ。また水運業者の「ワタリ」は、諸国の津々浦々をめぐる。こうした非農業民や非定住民の存在があって、はじめて本願寺教団は今日までに拡大したといえるからだ。

また、「ワタリ」は全国に広く分布しており、卑賤視された人たちばかりではない。古い真宗門徒の集落は、山間部と港の近くに多い。これは、「ワタリ」が初期の真宗門徒の一般的なすがただった、ということを示しているのだろう。

近江の堅田《かたた》といえば、蓮如時代の本願寺教団に大きく貢献した堅田衆と呼ばれる真宗門徒で知られている。当時、彼らは琵琶湖の湖上権を握って、大きな勢力を持っていた。

この堅田も、「亘《わたり》」という姓の旧家があることが示しているように、まさに「ワタリ」の集落だという。そして、堅田の「ワタリ」の上層は次第に武士化していき、身分的にも差別から解放されていった。こうした「ワタリ」の社会的解放と活躍が、真宗を全国的に広める結果をもたらしたのだ、と井上氏は結んでいる。

現在も、真宗寺院には聖徳太子像や絵像が多く伝わっていて、浄土真宗と太子信仰とのつながりの深さを知ることができる。

親鸞や蓮如は、社会では差別されていた人びとに対して、少しも偏見を持たずに布教していった。これは、ある意味では鎌倉仏教の特徴ともいえる。ただし、そこにはやはり、聖徳太子からつながる平等思想というものがあるような気がしてならない。

聖と俗が重なり合うおもしろさ

ところで、二上山《にじようさん》の西側は現在、「太子町《たいしちよう》」という町名になっている。これは、聖徳太子を葬り、追悼のために建てられた叡福寺《えいふくじ》がここにあり、太子のゆかりの地だということから名づけられたものだという。そして、竹内《たけのうち》街道は、大和から叡福寺へお詣りにいく太子信仰を持つ人びとが往来してにぎわったといわれている。

太田氏にうかがって印象に残ったひとつに、やはりかつての竹内街道の話があった。

前述したように、竹内街道は日本最古の国道である横大路の西の延長ルートで、シルクロードと大和をつなぐ栄光の道だった。しかし、地元の古老によれば、その一方で「乞食街道」という呼びかたをされることがあったという。

「乞食街道」というからには、ごくまれに物乞いをする人たちが通った、ということではあるまい。おそらく、河内から大和へ、大和から河内へと、竹内街道を通って物乞いする人びとの群れが、大挙して移動していたということなのだろう。

太田信隆氏が子供のころ、厄除《やくよ》け観音を祀っている大和郡山市の松尾寺の初午《はつうま》の縁日には、関西各地から多数の物乞いの人たちが集まってきていたという。そして、お詣りする人は、参道の両側に並ぶ彼らに施《ほどこ》しをすることを習慣にしていたらしい。

その物乞いの人たちのなかには親分のような人もいた。彼らは手下に引かせた人力車に乗ってやってきたそうだ。物乞いや香具師《やし》など、いわば社会の体制からはみだして生きている人たち、「光と影」でいえば「影」の人たちが集まるのが、こうした祭礼や縁日の場だったともいえるだろう。

そのことから思い浮かぶのは、古代の大和には不思議な人びとがいたということだ。たとえば、犬のような声で吠《ほ》えて宮中の守護や夜警をしたという「犬人《いぬひと》（狗人）」である。

彼らは、警護だけではなく、朝廷の儀式の際にも吠声を発し、天皇の行幸《ぎょうこう》にお供をして国境や山や川や道の曲がり角に至ったときには、やはり犬のように吠えたという。じつは、この犬人というのは九州から召集された隼人《はやと》だった。

中村明蔵《なかむらあきぞう》氏の『古代隼人社会の構造と展開』（岩田書院）によれば、大和王権が南部九州への勢力を伸ばし、支配を浸透させていく過程で、隼人の畿内移住が行われたという。儀式の場で隼人が吠声を発するのは「儀式場に邪霊《じゃれい》を入れないための祓《はら》いの呪術」であり、「隼人にはそのような呪力があると信じられていた」からだそうだ。

この犬人も不思議だが、マムシや蛇を退治する人たちも大和朝廷に集められていたという。これも隼人と関係があるのかもしれないが、おそらく山に住む民だったのだろう。彼らは、常人が恐れるこうしたものを、簡単に捕らえて殺すことができたのだ。

当時、犬の遠吠えのような声で吠えたり、マムシを退治するということは、ふつうの人にはできない独特の力だと考えられていたのだろう。そういうことを専門の仕事にする人びとが、朝廷や神社などに所属していたというのである。

彼らは特別な能力を持つことで、一般の人たちから畏怖される存在だった。しかし、その一方では、彼らはわれわれの仲間ではない、と蔑視されてもいたのではないか。あるいは、大和には古墳がたくさんある。そのため、それを守る墓守《はかもり》のような人が必要だった。古代には天皇家の御陵を守る者は「陵守《みささぎもり》」と呼ばれていたが、八世紀になると「陵戸《りようこ》」という用語が使われている。

高貴な身分の人の墓を守るということは、当初は選ばれた者たちの仕事だった。一般の者にやらせてはいけない特殊な仕事、と考えられていたからだろう。陵戸は陵墓の守衛だけでなく、天皇などの葬送にもかかわっていた。

しかし、平安以降になると、次第に死というものが、ケガレという観念とのかかわりで見られるようになった。そして、陵墓を守衛する陵戸も「賤身分」とされていく。つまり、一方では尊敬され畏《おそ》れられながら、同時に、もう一方では蔑視される人びとが存在していた。つねに聖なるものと俗なるものが重なる、という流れがあったように思えてならない。光の面だけではなく、必ず影の部分がつきまとうのだ。

そう考えると、神社仏閣の祭礼という場所に、大挙して物乞いの人たちが集まってくるというのも不思議ではない。それは、じつは意味のある大事なことだと考えられていたのかもしれない。

昔、僧侶のことを「聖《ひじり》」と呼ぶことがあった。これは「聖人」を意味する一方で、寺院に所属せず、ひとりで修行している僧侶のことも意味する。

後者の「聖」を代表する僧というと、行基《ぎょうき》と空也《くうや》の名前が浮かんでくる。行基は、民衆の生活に密着してさまざまな社会事業を行った。また、空也は諸国を遍歴して口《こう》称《しょう》念仏の布教をした人で、「阿弥陀聖《あみだひじり》」とか「市聖《いちのひじり》」と呼ばれた。

「高野聖《こうやひじり》」というのも、勧進《かんじん》のために、高野山から諸国に出向いた中世の下級僧のことである。彼らは民衆のなかにとけこみ、放浪して歩き、勧進や死者回向《えこう》などを行った。なかには、破れた衣を身にまとい、勧進して歩いているうちに、物乞いと区別できなくなってしまうこともあったようだ。

じつは、親鸞も「聖」性を持っていたといわれている。流罪になったのちに、自ら「非僧非俗」と名乗っていることもそうだ。また、「自分が死んだときには、鴨川に投げいれて魚に食べさせよ」といいきっていることにも、それが表れている。

いま、親鸞に対してはふつうは「親鸞聖人《しょうにん》」と書き、法然や蓮如の場合には「法然上人《しょうにん》」「蓮如上人」と書く。私はその理由を、親鸞は「上の人」のさらに一段上の「聖なる人」だからなのだろう、と解釈していた。しかし、「聖人」は崇めたいいかたではなく、親鸞が非僧非俗の「聖の人《ひじり》」だったからだ、と考えられなくもない。

その親鸞が信仰した聖徳太子も、聖なる人として崇められながら、世俗の人びと、それもむしろ卑賤視される人びとのあいだで広く信仰されてきた。

このように、聖なるものと俗なるものとのあいだには、なんともいえない不思議な関係がある。大和に見られるこの聖と俗との重なりというものが、私には大変興味ぶかく思える。しかし、そうしたところから、差別などの人間関係の歪《ゆが》みというものも生じているのではないか、という気もするのである。

のちに「水平社運動」が奈良からはじまり、その運動の中心となった人びとがこの地で生まれているという事実は、まさしくそれを象徴する出来事なのではなかろうか。


「吾々《われわれ》がエタである事を誇り得る時が来た」


奈良県御所《ごせ》市の柏原《かしはら》というところに、風情《ふぜい》があって落ち着いた感じの小さな寺がある。「西光寺《さいこうじ》」という浄土真宗の寺だ。

ここは私にとって、奈良に来たらぜひ一度訪ねてみようと思いながら、いままでなかなかその機会がなかった場所だった。御所市柏原、かつては南葛城郡掖上村《わきがみむら》柏原と呼ばれたこの場所こそ、「水平社」発祥の地なのである。

水平社運動という全国規模の部落解放運動が産声をあげたのは、大正十一（一九二二）年三月三日だった。この日、京都市公会堂で全国水平社の創立大会が開かれた。そして、この運動の中心人物となって活躍した三人の青年たち、西光万吉《さいこうまんきち》（本名・清《きよ》原一隆《はらいちたか》）、阪本清一郎《さかもとせいいちろう》、駒井喜作《こまいきさく》が生まれたのが、御所市柏原である。

そのなかの西光万吉は、この西光寺の長男として生まれた。日本の底辺の民衆に視線を向けつづけ、民衆とともに生きていた浄土真宗の寺から、「水平社宣言」を書いた西光万吉が生まれたということになる。

水平社運動は、日本にとって明治維新以来の大きな歴史的事件だといってもいいと思う。しかも、その運動はまだ二十代の若者たちによってつくりだされた。数多くのメンバーのなかでも、私がとくに気持ちをひきつけられるのが、この西光万吉である。

水平社創立大会で読みあげられた「宣言」は、何度読んでも思わず胸が熱くなってくる。これは、西光万吉が二十七歳のときに書いたものだが、素晴らしい文章だと思う。以下はその後半部分である（水平社宣言「よき日の為に」より。旧漢字は常用漢字に改めた)。

〈吾々がエタである事を誇り得る時が来たのだ。

吾々は、かならず卑屈なる言葉と怯懦《きょうだ》なる行為によって、祖先を辱《はずかし》め、人間を冒《ぼう》瀆《とく》してはならぬ。そうして人の世の冷たさが、何《ど》んなに冷たいか、人間を労《いたわ》る事が何んであるかをよく知っている吾々は、心から人生の熱と光を願求《がんきゅう》礼讃するものである。

水平社は、かくして生まれた。

人の世に熱あれ、人間に光あれ。〉

柏原には、西光万吉が生まれた西光寺のほかに、部落外の最大の支援者だった三浦《みうら》大我《たいが》(三浦参玄洞《さんげんどう》)が住職を務めていた誓願寺《せいがんじ》という寺もある。そして、このあたりの寺のほとんどは、親鸞を開祖とする浄土真宗だ。

私はこの「人の世に熱あれ、人間に光あれ」という言葉は、親鸞のこころからの叫びでもあったような気がする。

部落解放運動の中心人物だった西光万吉の墓前に

それにしても、どういうめぐり合わせだったのだろうか、私がはじめて西光寺を訪ねたその日は、偶然にも西光万吉の命日だった。

彼が亡くなったのは昭和四十五（一九七〇）年三月二十日。享年七十四歳である。その墓は西光寺の敷地内にあって、墓の横には「人の世に熱あれ、人間に光あれ」という彼の自筆の文字を刻んだ石碑が立てられていた。そこには、生前の彼が好きだったという菜の花が、たくさん供えられていた。

二十代から水平社運動で闘ってきた人だということで、私はずっと、いかつい血気盛んな闘士を想像していた。しかし写真を見ると、まったくイメージが違う。若いころの西光万吉の写真には、作家の芥川龍之介《あくたがわりゅうのすけ》を連想させるような繊細な印象があった。

事実、彼は文学青年で、小説や戯曲を書いたりしている。水平社宣言の文章を見ても、詩ごころがあるというか、文学的だといってもいいくらいだ。一時、上京して洋画と日本画を習っていたときは、二科展に入選し、画家としての将来も嘱望《しょくぼう》されていたという。

西光万吉の講演録によれば、若いころから常に部落の出身だということで差別をされてきた彼は、そのことでいつもびくびくしていた。そのため、自分の出身を知られずにすむ遠くへいこう、と思って上京したらしい。ところが、下宿に着いた最初の夜に、おかみさんと別の下宿人との会話が聞こえてきた。

その下宿人は、西光が奈良から来たということを知ると、「奈良県には三つの名物がある。鹿と粥《かゆ》と新平民だ。あの少年も新平民じゃないのかね？」といったという。「新平民」というのは、明治四（一八七一）年に政府が「エタ・非人」の称を廃して、新たに平民籍に編入したのちも、なおも差別して呼ばれた俗称である。

それを聞いた西光は、わざわざ東京へ逃げてきたのに、と身体が震えだし、その夜は煩悶《はんもん》して一睡もできなかった。

結局、それからの彼は、絵画を学ぶことよりも読書に没頭するようになり、親鸞の『歎異抄』からマルクスの『共産党宣言』までさまざまな書物を濫読《らんどく》したらしい。やがて、失意のうちに、同じく上京していた阪本と一緒に帰郷する。

そして、御所市柏原に西光、阪本、駒井の三青年が集まった。彼らはさまざまに悩みながらも、そのときから水平社結成への道を歩みはじめることになったのである。

この近辺の村は、下駄などの桐材加工品の製造や、膠《にかわ》の生産のおかげで、財政的には他の村よりも恵まれていた。膠は牛などの皮や骨を煮詰めてつくられる。柏原で膠製造がはじまったのは江戸時代後期らしいが、奈良の特産品である墨《すみ》用の膠の生産を中心にしたことが、柏原の膠産業を成功に導いたのだった。

水平社運動は、大正十一（一九二二）年に京都で行われた創立大会で口火を切り、全国に広がっていった。創立大会の場所に奈良ではなく京都を選んだ理由のひとつは、部落寺院といわれた真宗寺院の本山である東西両本願寺が、京都に存在するからだった。

その翌年には、当時、日本の植民地だった朝鮮の被差別民「白丁《ペクチヨン》」が、差別からの解放を求めて「衡平社《ヒヨンピヨンサ》」という団体を創立した。私は子供のころ一時、韓国の寒村に住んでいたので、この白丁への差別などの問題はなんとなく肌で感じるところがあった。

しかし、その後、日本が戦争に突入していき、総力戦という形になっていく。そのなかでは、国と水平社が対立するだけではなく、協力して戦争へ向けて動いていこうとする時代もあった。そのブレにも、人間の背負った重いものを感ぜずにはいられない。

戦後、西光は自らの戦争協力を恥じて自殺を図るが、未遂に終わった。その後は水平社の具体的な運動とは少し離れて活動し、昭和四十五年に逝去した。しかし、若き日の西光が起草した水平社宣言の「人の世に熱あれ、人間に光あれ」という言葉は、いまも私たちの胸に響き、決して忘れられることはないだろう。

水平社が本願寺に突きつけた決議

西光寺の向かい側には、モダンな建物が建っている。これは、平成十(一九九八)年に「水平社歴史館」としてオープンしたミュージアムで、現在は「水平社博物館」という名称に変わった。ここには、水平社関係のさまざまな資料が展示されている。ところで、「エタ」「非人」「特殊部落」などの用語は、過去に差別的な意味で使用されてきた。しかし、水平社博物館では、その時代の差別状況を理解するための歴史的用語として、あえてその言葉を使って展示されている。私もその考えを尊重して、本書でこうした用語をそのまま使っているのである。

二階の展示室にはいると、阪本清一郎の『回想録』を朗読する声が耳に飛びこんでくる。阪本は小学校に入学して間もないころに「エタ」という言葉をはじめて聞いたという。そして上級生はもとより、信頼していた先生からも差別を受けた、と告白している。

こうしたいろいろな人たちの自筆の原稿や日記などの展示物を間近に見ると、人権ということが、思想とかそういう問題ではなく、生活の実感のなかでじかに強く伝わってくる。

館内には興味ぶかい展示物がたくさんあった。とくに目をひかれたもののひとつが「水平社大会」などの各種のポスターだった。

その斬新なデザインを見たとき、私は、少し前に東京の美術館で見たロシア・アバンギャルド、ロシア構成主義の展覧会を思い出した。これは、一九一〇年代終わりから二〇年代にかけて起こった芸術運動だ。その新しい感覚は戦後のローリング・ストーンズの舞台装置にまで影響を与えている。日本でいえば、ちょうど大正時代の後期から昭和初期の時代に当たり、水平社の草創期とも重なっている。

たとえば、そのロシア構成主義の影響を受けている映画『戦艦ポチョムキン』のポスターと、この水平社博物館に展示されている創立当時のポスターを比べてみると、共通したデザイン感覚がはっきりと見てとれる。

水平社を創立してこうした闘争を進めていくような人たちは、運動だけで精一杯で、芸術とか文化というものには関心がなかったのではないか、と私たちはつい見てしまいがちだ。しかし、絵の才能があり、文学的センスにも富む西光万吉をはじめ、柏原の青年たちは、当時いろいろな知識を幅広く学んでいたにちがいない。事実、こういう世界の美術の潮流などまで自分たちの運動に取りこんでいく現代的な感覚を持っていたのである。

水平社博物館で見た彼らがつくったポスターには、インターナショナルな感覚があふれていた。それは、ロシア革命以後のロシア・アバンギャルドの運動と水平社運動とが、一脈つながっていることを物語るものだといえるだろう。

展示のなかには、戦時下の部落解放運動のコーナーもあった。そこでは、国家総動員体制のなかでの紆余曲折《うよきょくせつ》が語られている。当時、水平社運動は「大和報国運動《やまとほうこく》」「部落厚生皇民運動《ぶらくこうせいこうみん》」「新生運動」など、いくつかの流れに分かれていった。そこには、戦争のまっただなかでの解放運動の苦渋《くじゅう》というものが感じられる。

「當麻《たいま》」という地名は元は「タギマ」で、「深浅《たぎたぎ》しい」という古語から来ているという説を前に書いた。道がデコボコで歩くのが困難な道のことを「たぎたぎし道」という。水平社運動の歩みも、まさにそうした「たぎたぎし道」だったにちがいない。そのなかでのさまざまな人間的なドラマを、展示されている資料の数々を目にして、私はようやく少し実感できたような気がした。

展示の最後のほうに「水平社宣言」があった。それと一緒に、水平社の具体的な行動を示した「決議」という文章も展示されている。それには次の三つの項目が書かれていた。

〈その一、吾々ニ対シ穢多及ヒ特殊部落民等ノ言行ニヨツテ侮辱ノ意志ヲ表示シタル時ハ徹底的糾弾ヲ為ス。

その一、全国水平社京都本部ニ於テ我等団結ノ統一ヲ図ル為メ月刊雑誌『水平』ヲ発行ス。

その一、部落民ノ絶対多数ヲ門信徒トスル東西両本願寺ガ此際我々ノ運動ニ対シテ包蔵スル赤裸々ナル意見ヲ聴取シ其ノ回答ニヨリ機宜ノ行動ヲトルコト。〉

水平社博物館の内部

ここには「東西両本願寺」という文字が見える。水平社運動というものの火花が激しく散るときに、部落のなかにある寺院がほとんど浄土真宗であるということは、やはり注目しておかなければならない。

親鸞、蓮如という真宗の系譜の宗教者たちは、その土地の豪族や権力者などに依存するのではなく、最初から積極的に一般の民衆たちのあいだで布教活動を行ってきた。彼らのそうした思想は、水平社運動とも深くつながっているといえるだろう。

しかし、この「決議」文を読むと、東西両本願寺はわれわれわれの運動をどう考えるのか、ということを率直にただしている。その回答を聞いて、それによってまたさまざまな働きかけを行っていこう、という水平社の創立メンバーたちの決意がうかがえる。

それと同時に、地方の末寺《まつじ》の被差別部落のなかにある寺々とはかけ離れた、いわゆる本山である東西両本願寺に対する強い不満や不信感が流れているようにも感じられ、さまざまなことを考えずにはいられなかった。

奈良にはじまった「黒衣《こくえ》同盟」の運動

水平社運動と本願寺とのあいだには多くの点で葛藤があった。それについては、宮《みや》橋國臣《はしくにおみ》氏の『至高の人　西光万吉』（人文書院）という評伝のなかでも紹介されている。同書によれば、前述の全国水平社創立大会での決議に基づいて、水平社は本願寺の姿勢をただした。さらに、それが「募財《ぼざい》拒絶運動」へと発展していく。

西光万吉らは、創立大会の翌日には早くも東西両本願寺を訪問した。そして、「もし本願寺が、親鸞のこころをもって差別撤廃につくしているならば、水平社運動を起こす必要はなかった」と親鸞の教義を楯《たて》にして、激しく本願寺を批判したという。

その翌月には、東西両本願寺に対して、今後二十年間にわたって部落寺院と門信徒に対する募財の中止を求める通告を決議する。

幕藩体制下での本願寺教団は、他の教団とは違って、経済的な基盤を門徒の喜捨《きしゃ》に頼っていた。しかし、明治維新以後の改革が教団の経済的基盤をおびやかす。そのため教団は、それまでの喜捨を、なかば強制的な募財へと移行させてきた実態があった。結果的に、その半強制的な募財は、信仰心の篤《あつ》い部落の真宗門徒にとっては大きな負担になっていた。その不満が、募財拒絶運動という形で表れたのだといえるだろう。

しかも、このとき本願寺教団は「立教開宗七百年記念法要」を翌年に控えて、門徒から募財を募っている最中だった。これは、親鸞の『教行信証』が書かれた元仁《げんにん》元（一二二四）年から計算して七百年ということである。教団では、その年はじめて大法要を営む計画を進めていた。それだけに、この募財拒絶運動が本願寺教団に与えた衝撃は大きかった。

さらに、大正十二（一九二三）年に開催された全国水平社第二回大会では、東西両本願寺に対する示威《じい》運動が実行された。このときは、京都駅に結集した各府県の代表者五千人以上の人びとが、隊列を組んで東西本願寺にデモ行進した。

一行はまず東本願寺を、次に西本願寺の本堂を占拠し、西光万吉らが本堂の仏前で募財拒絶の決議を読みあげた。

　こうした水平社の募財拒否闘争に触発されて、やはり奈良の部落寺院からはじまった改革運動が「黒衣《こくえ》同盟」だった。これは、全国水平社の募財拒絶決議に共鳴した明《みよう》西寺《さいじ》の広岡智教《ひろおかちきよう》という真宗僧侶が、大正十一（一九二二）年秋に結成したものである。

　黒衣同盟は「僧侶の水平運動」とも位置づけられている。大正十一年十月十九日に発表した宣言文で、広岡は「色衣《しきえ》をすて黒衣にうつる時が来た。そして吾等は親鸞に帰る時が来た。吾等同族が募財を拒絶することは解放の最初である」と述べた。このように、黒衣同盟は、具体的な行動として、紫や緋《ひ》の色衣や金襴《きんらん》の袈裟《けさ》を廃止して、みな同じ黒衣を着用しよう、という提起を行ったのである。

　当時、本願寺教団には堂班制度《どうはんせいど》という制度があった。これは、末寺からの上納金額によって寺院の格付けを行うもので、その格付けによって僧侶の法衣の色や形が区別されていた。また、それに伴って、僧侶が一堂に会した際の席次なども決められていた。その最下層の僧が着用を許されていたのが、黒衣だったのである。

　たとえば、ひとつの会社組織のなかで、社長は紫色のネクタイを締め、役員は緋色、ヒラ社員は黒、といったように、ネクタイの色がその人の社内での格付けを表しているといってもいい。会議の場でもその格付けの高い色の順番に座っている、と想像するとわかりやすいだろう。

黒衣同盟はそれに対して、創業者は黒いネクタイを締めていたではないか、と主張した。親鸞の精神にかえって全員黒いネクタイにするべきだ、と反旗を翻したのだった。

黒衣同盟の「祖師に帰れ」、つまり親鸞の精神にかえろう、という呼びかけは、一部の僧侶からはたしかに反響があった。しかし、教団にその重要性を認識させるまでにはいたらなかった。しかも、運動の内部でも、水平社運動との連携を求める社会運動派と、現教団の体制の枠内での改革派とが次第に対立するようになった。

結局、この運動はわずか数年で挫折したらしい。運動の実践もほとんど展開できないまま、黒衣同盟の組織自体が消滅してしまったのである。

その理由はなんとなく想像できる。おそらく、黒衣同盟の理念に共鳴した寺の住職たちは、色衣を脱ぎ捨てて黒衣を着用しようと思っただろう。しかし、その寺の檀徒《だんと》たちがそれを不満に思ったり、反対したという事実もあったらしい。

檀徒としては、大勢の僧侶が集まるような場所では、自分たちの住職にきちんとした恰好《かっこう》をしてほしい、という素朴な思いもある。また、住職の出世を喜ぶ気持ちもあるだろう。自分たちがお布施をだしているのだから、黒衣ではなく立派な衣を着てほしい、という願いもあるにちがいない。門信徒の側から黒衣に対する批判が出たことは、うなずける。

いずれにしても、日本の歴史を振りかえったとき、この奈良から水平社運動や黒衣同盟が生まれてきたことは、忘れることのできない記念碑的な事実である。そのことを視野に入れれば、おのずと新しい解放運動や人権運動発祥の地としての大和が見えてくる。それと重なるように、大和のシンボルとしての聖徳太子のすがたが見えるだろう。そしてまた太子信仰と真宗、真宗と部落との深いつながりも見えてくる。

聖徳太子や親鸞の「仏の前では人間はみな平等である」という精神は、この大和の地に脈々と生きつづけてきた。それが「人の世に熱あれ、人間に光あれ」というあの水平社宣言を生みだした。私にはそんなふうに思われてならない。

新しき渡来人としての私

斑鳩《いかるが》の法隆寺を見おろす丘の上の一角に、「松延邦之の碑」と書かれた自然石の石碑がある。じつは、これは私の七歳年下の弟の碑である。

戦後、朝鮮半島から引き揚げてきて以来、まさに弟と私は、二人三脚のようにして一緒に生きてきた。その弟は四十代の若さでガンで急逝した。墓というものを、私はあまり好きではない。しかし、なにかひとつ、彼をしのぶよすがを形に残しておきたかった。遺骨を土にかえしたいという気持ちもあった。

そこで十年前、ここに飛鳥の自然石をおかせてもらった。墓というより、思い出の碑である。そして、引き揚げのときに持ってきた母の遺髪と、父の遺骨を一緒に納めてある。

その石には、私が原稿用紙に短い文章を書いたものを、そのまま銅板におこしてはめこむことにした。いまでは錆《さ》びてしまって、ほとんど文字も判読できなくなっているが、こんな文章をきざんでもらった。

〈松延邦之は私の七歳年少の弟である。学校教師であった両親が朝鮮に在任中、京城の地において生まれた。敗戦後、いくたの困難をへて、九州の郷里に引揚げ、柳川の商業高校に学んだが、やがて私の後を追って上京、各種の職業を転々としながら、波瀾《はらん》にとんだ青春期を過ごした。その後、作家として自立した私の仕事を手伝うこととなり、遂には私の片腕として昼夜の別なく労苦を共にするなくてはならぬ存在になった。自らを殺して兄の陰に生きることを選んだ彼によって、私がどれほど支えられたかは言葉にはつくしがたいものがある。一九八一年、病を得て早逝《そうせい》した彼の思い出のためにこの碑を建て、両親の遺骨とともにここに納めて偲《しの》ぶよすがとする。〉

なぜ、大和などに両親の遺骨や遺髪を置いているのか、と不思議に思う人が多いだろう。たしかに、両親はともに九州の福岡の出身で、大和と特別な縁があるわけではない。あえていうならば、私の父がこの大和というものに対して、深い思慕の情を抱いていた節がある、ということだ。これは、当時のいわゆる疑似インテリ全体に共通した感情だったらしい。

私の父、松延信蔵は師範学校を卒業して、教師として長く勤めた人間だった。大正期から昭和にかけての下級知識人のひとり、とでもいえばいいだろうか。

父が専門としていたのは、賀茂真淵《かものまぶち》や平田篤胤《ひらたあつたね》や本居宣長《もとおりのりなが》などの国学だった。そして、和辻哲郎《わつじてつろう》の『古寺巡礼』や亀井勝一郎《かめいかついちろう》の『大和古寺風物誌』などを愛読し、会津八一《あいづやいち》の歌にも傾倒しているような人間だった。日本のふるさとは大和である、「大和は国のまほろば」だという観念が、間違いなく父にはあったと思う。

学生時代に剣道を熱心にやっていた父は、大和で開催される剣道の大会に出場するのが夢だったらしい。また、生徒たちを連れて大和に旅をしたときのことを、何度もくり返して話していた。愛読していた『万葉集』の歌などもことあるごとに口ずさんでいた。

『万葉集』以来、記紀の時代をへてこの国で、あるいはこの大和でさまざまな支配者のドラマや悲劇や支配者の美学といったものがつくられてきた。それが、当時の日本人のこころの支えになり、拠りどころになっていたということは疑いもない。

とくに、父は植民地に長くいた。そのため、母国のアイデンティティというものを、つまり自分が日本人であるということを、人一倍つよく意識せずにはいられなかったのだろう。そして、「国のまほろば」である大和に対する憧れもひときわ深かったのだと思う。

敗戦と同時に、そういうものが一挙に崩壊してしまった。父の場合は、民族の運命と個人の人生とを重ねあわせ、崩壊していったようにも思えてならない。そんな父の思いが、なんとも哀れで切なく感じられて、私は大和の地に菩提寺《ぼだいじ》を定め、ここに両親と弟の遺骨を納めることにしたのである。

そういうわけで、ずいぶん以前から大和に通うようになった。ただ、あらためて襞《ひだ》を分けるようにして、奥のほうまで探っていくと、これまでとはかなり違った大和のすがたが浮かびあがってくる。

こんどの旅では、葛城《かつらぎ》の一言主《ひとことぬし》神社やその境内の外のなにもない田んぼの脇では土蜘蛛《つちぐも》が埋められた場所だといわれる石の塊を見た。水平社運動を立ちあげた西光万吉の墓も訪ねた。水平社博物館では貴重な資料を見せてもらった。そんなふうに歩きまわるうちに、いままで私はなにを見ていたのだろう、と愕然《がくぜん》としたのも事実だった。

その一方では、こんどはこのあたりを入口にしてもっと先を深く掘ってみたい、という衝動も感じる。自分はいま、大和・奈良という奥ぶかい森の参道の入口に、やっとたどり着いたにすぎないのではないか、という感じもしている。

戦時中、私たちが少国民だった時代には、「大和は国のまほろば」だった。いま、それとは違った意味で、混沌とした大和のすがたが目の前に現れてきたからだ。大和や河内は、大陸や朝鮮半島から渡来した人たちがつくりあげた文化の地である。そして、私はまさに幼いころにその地へ渡り、戦後に引き揚げて日本へやってきた人間である。そう考えると、私もある意味では渡来人の一族なのだ、といえるかもしれない。視点を変えれば、私のように九州から外地へ渡り、外地から戦後に引き揚げて本土に帰ってきた人間が、いわば〝新しき渡来人〟としていま大和や河内という地を訪れているわけだ。そんなふうにして古代からの歴史をくり返しているのかもしれない、とも思われてくる。

遠くの空に二上山の雌岳と雄岳が見える。その横には竹内街道が走り、その先には河内があり、難波津がある。そこから瀬戸内海を越えたかなたには、はるかに朝鮮半島、中国大陸があり、そしてシルクロードがある。

古代、この大和からペルシャまで道はつながっていた。そう思うと、国境を越えて往還する文明というものの息の長さに、あらためて感動せずにはいられないのだ。

お礼のことば

本書をまとめるにあたっては、多くの方々に大変お世話になりました。とくに、神田千里氏、屋敷道明氏、中西進氏、太田信隆氏、松村實秀氏、清原草宜氏、川口正志氏、守安敏司氏の各氏には直接お目にかかってお話をうかがい教えを受けました。

また、ご協力をいただいた金子健樹氏、鹿野宏志氏、田中宏明氏、本願寺吉崎東別院、鳥越村一向一揆歴史館、財団法人水平社博物館、當麻寺、一言主神社、誓興寺、その他の方々にも心から御礼申し上げます。

そして、このシリーズの企画・編集を担当してくださった講談社の豊田利男氏、北島智津子氏、なかんずく第一巻から一貫して本書の構成を担当してくださっている黒岩比佐子氏、また、写真の撮影にあたった戸澤裕司氏、ＡＤの三村淳氏にも、深く感謝の意を表したいと思います。ありがとうございました。

横浜にて　五木寛之

【主要参考文献】

●第一部に関するもの

『日本における農民戦争』笠原一男（国土社、一九四九）
『真宗の発展と一向一揆』笠原一男（法蔵館、一九五一）
『一向一揆の研究』笠原一男（山川出版社、一九六二）
『一向一揆の研究』井上鋭夫（吉川弘文館、一九六八）
『人間蓮如』山折哲雄（春秋社、一九七〇）
『一向一揆』笠原一男（評論社、一九七〇）
『蓮如』服部之総（福村出版、一九七〇）
『蓮如　一向一揆』井上鋭夫、笠原一男（岩波書店、一九七二）
『前田一族』能坂利雄（新人物往来社、一九七三）
『真宗王国』青雲乗芳他（巧玄出版、一九七四）
『蓮如――その人と行動』菊村紀彦（雄山閣出版、一九七五）
『蓮如と越前一向一揆』重松明久（福井県立図書館、一九七五）
『一向一揆の基礎構造』新行紀一（吉川弘文館、一九七五）
『真宗史料集成　第二巻』（同朋舎出版、一九七七）
『親鸞と蓮如』笠原一男（評論社、一九七八）
『民衆史の課題と方向』民衆史研究会編著（三一書房、一九七八）

『真宗史料集成　第三巻』（同朋舎出版、一九七九）
『越前・若狭一向一揆関係資料集成』越前・若狭一向一揆関係文書資料調査団編（同朋舎出版、一九八〇）
『加賀百万石』田中喜男（教育社、一九八〇）
『角川日本地名大辞典　石川県』竹内理三他編（角川書店、一九八一）
『日本の社会と宗教　千葉乗隆博士還暦記念論集』（同朋舎出版、一九八一）
『蓮如さん』加能民俗の会編（橋本確文堂企画出版室、一九八八）
『一向一揆』（石川県立歴史博物館、一九八八）
『一向一揆』石川県立歴史博物館編（石川県立歴史博物館、一九八〇）
『乱世を生きる』笠原一男（教育社、一九八一）
『私の蓮如』真継伸彦（筑摩書房、一九八一）
『稗誌白山麓と一向一揆』山内美義（北国出版社、一九八三）
『蓮如——吉崎布教』辻川達雄（誠文堂新光社、一九八四）
『蓮如・現代と教団』北西弘他（北国出版社、一九八五）
『前田利家』岩沢愿彦（吉川弘文館、一九八八）
『本願寺と一向一揆』辻川達雄（誠文堂新光社、一九八六）
『一向一揆最後の戦い』大橋忠雄（明石書店、一九八七）
『一向一揆百年史』浅井茂人（白山書店、一九八八）
『角川日本地名大辞典　福井県』竹内理三他編（角川書店、一九八九）

『加賀一向一揆五〇〇年』一向一揆五〇〇年を考える会編（能登印刷出版部、一九八九）
『真宗の風景』北国新聞社編著（同朋舎出版、一九九〇）
『蓮如［御文］読本』大谷暢順（河出書房新社、一九九一）
『一向一揆と真宗信仰』神田千里（吉川弘文館、一九九一）
『金沢御堂・金沢城調査報告書1』石川県教育委員会編（石川県教育委員会、一九九一）
『福井県の歴史散歩』（山川出版社、一九九一）
『歴史と文学の回廊　第七巻・北陸』（ぎょうせい、一九九二）
『歴史誕生　15』NHK歴史誕生取材班編（角川書店、一九九二）
『石川県の歴史散歩』（山川出版社、一九九三）
『被差別部落一千年史』高橋貞樹他（岩波文庫、一九九三）
『金沢城』石川県立歴史博物館編（石川県立歴史博物館、一九九四）
『蓮如の生涯』東澤眞靜（法蔵館、一九八六）
『吉崎御坊の歴史』朝倉喜祐（国書刊行会、一九九五）
『日本海世界と北陸――時国家調査10周年記念シンポジウム』神奈川大学日本常民文化研究所編（中央公論社、一九九五）
『人間蓮如』山折哲雄（洋泉社、一九九五）
『ジャンヌ・ダルクと蓮如』大谷暢順（岩波新書、一九九六）
『蓮如大系　第一巻〜第五巻』（法蔵館、一九九六）
『講座　蓮如　第一〜六巻』浄土真宗教学研究所・本願寺史料研究所編（平凡社、一九九六〜九八）

『郷土資料事典　石川県』（人文社、一九九七）
『郷土資料事典　福井県』（人文社、一九九七）
『図説蓮如』河出書房新社編集部編（河出書房新社、一九九七）
『蓮如』早島鏡正（日本放送出版協会、一九九七）
『蓮如』菊村紀彦（社会思想社、一九九七）
『蓮如』金龍静（吉川弘文館、一九九七）
『蓮如上人研究　教義編1、2』浄土真宗教学研究所編（永田文昌堂、一九九八）
『蘇る蓮如』小倉正一郎他（中日新聞北陸本社、一九九八）
『蓮如』大谷晃一（学陽書房、一九九八）
『一向一揆と戦国社会』神田千里（吉川弘文館、一九九八）
『蓮如上人と伝承』西山郷史（真宗大谷派金沢別院、一九九八）
『蓮如』松原泰道（東洋経済新報社、一九九八）
『蓮如のラディカリズム』大峯顯（法蔵館、一九九八）
『蓮如と本願寺』京都国立博物館編（毎日新聞社、一九九八）
『蓮如論——問いかける人権への視点』小森龍邦（明石書店、一九九八）
『蓮如』源了圓（大法輪閣、一九九九）
『金津町吉崎の郷土誌』坂本豊他（金津町教育委員会、一九九九）
『加賀・能登　歴史の窓』加能史料編纂委員会編（青史出版、一九九九）
『石川県の歴史』（山川出版社、二〇〇〇）

『福井県の歴史』（山川出版社、二〇〇〇）
『一向一揆という物語』大桑斉（真宗大谷派金沢別院、二〇〇一）

●第二部に関するもの

『歎異抄』金子大栄校注（岩波文庫、一九三一）
『万葉秀歌　上下巻』斎藤茂吉（岩波新書、一九三八）
『聖徳太子』田村圓澄（中公新書、一九六四）
『一向一揆の研究』井上鋭夫（吉川弘文館、一九六八）
『死者の書』折口信夫（中公文庫、一九七四）
『万葉集の言葉と心』中西進編（毎日新聞社、一九七五）
『西光万吉と部落問題』北川鉄夫（濤書房、一九七五）
『文化と両義性』山口昌男（岩波書店、一九七五）
『神々のみち――葛城』鳥越憲三郎他（新人物往来社、一九七五）
『親鸞和讃集』名畑應順校注（岩波文庫、一九七六）
『名僧列伝――念仏者と唱題者』紀野一義（文藝春秋、一九七七）
『中将姫物語』川中光教（當麻寺、一九七八）
『斑鳩町史（史料編）』斑鳩町史編集委員会編（斑鳩町役場、一九七九）
『古寺巡礼　奈良7　当麻寺』富岡多恵子、中田善明（淡交社、一九七九）
『古寺巡礼』和辻哲郎（岩波文庫、一九七九）

『太子信仰の研究』林幹弥（吉川弘文館、一九八〇）
『万葉の歌びとたち』中西進（角川選書、一九八〇）
『山の民・川の民』井上鋭夫他（平凡社選書、一九八一）
『絵解きの世界――敦煌からの影』川口久雄（明治書院、一九八一）
『隠された十字架――法隆寺論』梅原猛（新潮文庫、一九八一）
『道教と日本文化』福永光司（人文書院、一九八二）
『役行者』東条淳祐（早稲田大学出版部、一九八二）
『梅原猛著作集　六』梅原猛（集英社、一九八二）
『聖徳太子信仰の成立』田中嗣人（吉川弘文館、一九八三）
『日本の古典と口承文芸』日本文学研究資料刊行会編（有精堂出版、一九八三）
『源信僧都より法然上人へ　そして親鸞聖人へ』草間文秀（文栄堂書店、一九八三）
『新・法隆寺物語』太田信隆（集英社文庫、一九八三）
『水底の歌　上下巻』梅原猛（新潮文庫、一九八三）
『奈良県の歴史』永島福太郎（山川出版社、一九七一）
『近代部落史資料集成　第九巻』（三一書房、一九八五）
『近代部落史資料集成　第十巻』（三一書房、一九八六）
『万葉の歌――人と風土４　大和南西部』中西進企画、岡野弘彦（保育社、一九八六）
『大和路のみ仏たち』大橋一章・森野勝編著（グラフ社、一九八七）
『道教と古代日本』福永光司（人文書院、一九八七）

『源信』速水侑（吉川弘文館、一九八八）
『カミとヒトの精神史』中村生雄（人文書院、一九八八）
『日本の古寺美術　当麻寺』松島健、河原由雄（保育社、一九八八）
『古代うた紀行』中西進（角川選書、一九八九）
『初期水平運動資料集』（不二出版、一九八九）
『水平社宣言を読む』住井すゑ、福田雅子（解放出版社、一九八九）
『角川日本地名大辞典　奈良県』竹内理三他編（角川書店、一九九〇）
『万葉と海彼』中西進（角川書店、一九九〇）
『水平＝人の世に光あれ』沖浦和光（社会評論社、一九九一）
『水平社宣言』門田秀夫（明石書店、一九九二）
『西光万吉』師岡佑行（清水書院、一九九二）
『全国水平社』大阪人権歴史資料館編（大阪人権歴史資料館、一九九二）
『親鸞　差別解放の思想と足跡』武田鏡村（三一書房、一九九二）
『親鸞聖人の太子信仰の研究』武田賢寿（文光堂書店、一九九二）
『奈良県の歴史散歩　上下』奈良県歴史学会編（山川出版社、一九九三）
『衡平社と水平社』大阪人権歴史博物館編（大阪人権歴史資料館、一九九三）
『古道紀行　大和路』小山和（保育社、一九九四）
『葛城山麓の道と信仰――修験・念仏』（図録）奈良県立民俗博物館編（奈良県立民俗博物館、一九九四）

『親鸞と被差別民衆』河田光夫（明石書店、一九九四）
『西光万吉』西光万吉資料保存委員会編（大阪人権歴史資料館、一九九四）
『聞き取り　水平社の時代を生きて』解放出版社編（解放出版社、一九九四）
『創立期水平社運動資料　第一巻〜第四巻』（不二出版、一九九四）
『役行者伝記集成』銭谷武平（東方出版、一九九四）
『証言・全国水平社』福田雅子（日本放送出版協会、一九八五）
『超人　役行者小角』志村有弘（角川書店、一九九六）
『図説　水平社運動』水平社歴史館建設推進委員会編（解放出版社、一九九六）
『西光万吉の浪漫』塩見鮮一郎（解放出版社、一九九六）
『役小角』黒須紀一郎（作品社、一九九六）
『図説　日本仏教の歴史　飛鳥・奈良時代』田村圓澄（佼成出版社、一九九六）
『郷土資料事典　奈良県』（人文社、一九九七）
『聖徳太子の本』（学習研究社、一九九七）
『太子信仰と北陸』石川県立歴史博物館編（石川県立歴史博物館、一九九七）
『聖徳太子事典』石田尚豊編（柏書房、一九九七）
『聖徳太子　未完の大王』遠山未都男（日本放送出版協会、一九九七）
『親鸞』笠原一男（講談社学術文庫、一九九七）
『親鸞和讃』坂東性純（日本放送出版協会、一九九七）
『日本人とは何か』中西進（講談社、一九九七）

『卑賤観の系譜』神野清一（吉川弘文館、一九九七）
『部落の歴史と解放運動　現代篇』馬原鉄男（部落問題研究所出版部、一九九七）
『奈良県・和歌山県の不思議事典』大宮守友・小山譽城編（新人物往来社、一九九八）
『古代隼人社会の構造と展開』中村明蔵（岩田書院、一九九八）
『中村元選集　別巻6』中村元（春秋社、一九九八）
『柳田國男全集　第二十四巻』柳田国男（筑摩書房、一九九九）
『親鸞』吉本隆明（春秋社、一九九九）
『〈聖徳太子〉の誕生』大山誠一（吉川弘文館、一九九九）
『聖徳太子の伝承』藤井由紀子（吉川弘文館、一九九九）
『太子信仰』蒲池勢至（雄山閣出版、一九九九）
『親鸞と人間解放の思想』鈴木祥蔵（明石書店、一九九九）
『二上山』田中日佐夫（学生社、一九九九）
『役行者と修験道の世界』大阪市立美術館編（毎日新聞社、一九九九）
『新版　山の宗教――修験道』五来重、写真・井上博道（淡交社、一九九九）
『古墳とヤマト政権』白石太一郎（文春新書、一九九九）
『至高の人　西光万吉』宮橋國臣（人文書院、二〇〇〇）
『万葉集の時空』橋本達雄（笠間書院、二〇〇〇）
『葛城と古代国家』門脇禎二（講談社学術文庫、二〇〇〇）
『折口信夫伝――その思想と学問』岡野弘彦（中央公論新社、二〇〇〇）

『親鸞聖人ものがたり』千葉乗隆（本願寺出版社、二〇〇〇）
『戴冠詩人の御一人者』保田與重郎（新学社、二〇〇〇）
『図説 役行者』石川知彦・小澤弘編（河出書房新社、二〇〇〇）
『役行者と修験道の歴史』宮家準（吉川弘文館、二〇〇〇）
『七人の役小角』夢枕獏監修、司馬遼太郎他著（小学館文庫、二〇〇七）
『役小角読本』藤巻一保（原書房、二〇〇一）
『真宗史仏教史の研究3〈近代篇〉』柏原祐泉（平楽寺書店、二〇〇〇）
『天皇誕生』遠山美都男（中公新書、二〇〇一）
『日本の歴史 第3巻 大王から天皇へ』熊谷公男（講談社、二〇〇一）
『理想』一九八五年十二月号「来迎の問題」
『宗教美術研究』第六号、一九九九年三月「浄土教思想の変遷と来迎表現」

本書は、講談社より二〇〇一年十一月に単行本『日本人のこころ3』として、二〇〇六年三月に『五木寛之 こころの新書8 信仰の共和国・金沢 生と死の結界・大和』として刊行されました。
事象、地名、人物の役職名などの記載は当時のままであることをご了承ください。

ちくま文庫

隠《かく》された日本《にほん》 加賀《かが》・大和《やまと》
一向一揆共和《いっこういっききょうわ》国《こく》 まほろばの闇《やみ》

二〇一四年七月十日 第一刷発行
二〇二五年五月三十日 第二刷発行

著者 五木寛之（いつき・ひろゆき）

発行者 増田健史
発行所 株式会社 筑摩書房
東京都台東区蔵前二―五―三 〒一一一―八七五五
電話番号 〇三―五六八七―二六〇一（代表）
装幀者 安野光雅
印刷所 三松堂印刷株式会社
製本所 三松堂印刷株式会社

ISBN978-4-480-43174-5 C0121